하늘과 × 땅의 × 방정식

Q1. 복제된 학교를 탈출하시오

AME TO TSUCHI NO HOTEISHIKI 1
Text copyright © Yoko TOMIYASU 2015
All rights reserved.
Original Japanese edition published by KODANSHA LTD.
Korean translation rights arranged with KODANSHA LTD.
through JM Contents Agency Co.

이 책의 한국어판 저작권은 JMCA를 통한 저작권사와의 독점 계약으로 (주)다산북스에 있습니다.
저작권법에 의해 한국 내에서 보호를 받는 저작물이므로 무단전재와 복제를 금합니다.

하늘과 × 땅의 × 방정식

Q1. 복제된 학교를 탈출하시오

도미야스 요코 글
김소희 옮김

✱
차
례

○ 꿈 7

○ Q 15

○ 복도 25

○ 안개 35

○ 도망 54

○ 편의점 65

○ 고양이 84

ㅇ	ㅇ	ㅇ	ㅇ	ㅇ	ㅇ	ㅇ	ㅇ
깃든이	언덕	편지	방과후	헐크	그림자계	빈틈	
┆	┆	┆	┆	┆	┆	┆	
105	116	128	144	156	169	181	

✳

꿈

아레이는 기이한 꿈을 꾸었다. 고양이와 마주 보는 꿈을.

노랑, 검정, 갈색 털이 마구 뒤섞인 고양이다. 그 무늬 때문에 사람들은 '혼돈'을 뜻하는 '카오스'라고 부르기도 한다. 고양이치고는 제법 큰 몸집에, 게슴츠레 뜬 눈이 어쩐지 위엄 있어 보였다.

카오스 고양이는 밤마다 꿈에 나타났다. 아레이를 물끄러미 바라보며 무언가 말을 하는데, 알아듣지 못하고 "뭐?" 하며 되묻는 장면에서 깬다.

벌써 엿새째 같은 꿈이다. 아니, 엄밀히 말해 똑같지는 않다. 다시 꿈을 꿀 때마다 고양이가 조금씩 더 다가오니까.

어젯밤 아레이는 불과 몇 걸음 간격을 두고 카오스 고양이와 마주하고 있었다. 고양이는 언제나처럼 아레이의 얼굴을 뚫어져라 쳐다보고는 웅얼대는 목소리로 무어라 말했다. 말끄트머리만 아레이의 귀에 닿았다.

"······**로 오너라.**"

"뭐?"

되묻자마자, 또 눈이 떠졌다.

도대체 뭐냐고······. 할 수만 있다면 프로이트에게 묻고 싶다. 카오스 고양이 꿈을 줄기차게 꾸는 이유가 뭔지!

도무지 짚이는 데가 없었다.

일곱째 날인 오늘 밤, 드디어 고양이는 아레이의 코앞까지 왔다. 황금빛 눈을 반짝이며 아레이의 얼굴을 빤히 바라보았다. 고양이의 촉촉한 코에서 뿜어져 나오는 따뜻한 숨결이 느껴질 정도로 가까웠다. 가느다란 수염의 각도가 미묘하게 달라지는 것까지 똑똑히 보였다.

짐짓 심각한 표정으로 아레이를 응시하던 고양이는 이윽고 우물거리는 목소리로 말했다.

"**미래의 언덕으로 오너라.**"

"뭐?"

지난번과 같이 되묻는 그 순간, 침대 위에서 눈이 뜨였다. 겨울 새벽녘의 서늘한 어스름이 방 안에 뿌려져 있었다. 아레이는 꿈에서 고양이가 전한 말을 조그맣게 소리 내어 말해 보앉다.

"미래의 언덕으로 오라고?"

뽀얀 입김이 어둠에 빨려 들어가 사라졌다.

미래의 언덕이 뭐지? 언덕은 그렇다 쳐도, 무슨 수로 미래로 오라는 거야? 시간 여행이라도 하라고? 아인슈타인의 상대성 이론에 따르면 빠르게 움직이는 물체의 시간은 느려지기도 하지만…… 그렇다고 미래로 이동할 수는 없는데…….

이리저리 부질없는 생각을 하다 보니 날이 밝았다. 아레이는 졸린 눈을 비비며 세수를 하고 부엌으로 들어갔다. 어쩐 일로 아빠가 앉아 있었다.

출판사에서 일하는 아레이의 아빠는 탄력근무제라며 다른 가족들보다 늦게 일어나는 게 일상이었다. 그런데 왜 오늘따라 일찌감치 식탁에 대기하고 있는 걸까? 당황스러웠다. 리듬이 흐트러지면 늘 불안이 피어오른다. 아레이는 똑같은 일상을 정해진 순서대로 보내는 게 좋았다.

"어? 아빠, 왜 벌써 일어나셨어요?"

뒤이어 들어온 여동생 아키나가 깜짝 놀란 듯 물었다.

"어서 앉으렴."

질문엔 답하지 않은 채 아빠가 말했다.

아침 인사도 생략하다니. 불길한 예감이 든다. 아마 아빠는 무언가 성가신 이야기를 꺼내려는 모양이었다. '앉으렴.'이라는 말은 그 이야기가 길어지리라는 예고 같았다.

아레이와 아키나가 식탁에 앉자 부엌에 서 있던 엄마도 자리를 잡았다.

무슨 아침부터 가족회의야…….

아레이는 넌더리를 내며 한숨을 쉬었다. 사고라도 쳤나 싶어서 여동생 아키나를 흘끗 보니 아키나도 의심의 눈초리로 아레이를 곁눈질하고 있었다.

나 아니라고.

아레이는 속으로 중얼거렸다.

"실은 한 가지 너희에게 할 말이 있단다."

이 말만 하고 아빠가 입을 다무는 바람에 아레이의 머릿속에는 나쁜 상상이 뭉게뭉게 피어올랐다.

회사가 망했나? 설마 회사에서 잘렸나? 회삿돈을 막 쓰다가 들켜서? 아니면 바람이라도 피우다가 엄마한테 걸려서…….

그때 옆에 있던 엄마가 대뜸 입을 열었다.

"얘들아, 이사를 가게 됐어. 새 단독 주택을 샀거든."

"엑!"

아키나가 소리쳤다.

"이사 가면 학교는? 학교는 어쩌고!"

"전학 가야겠지."

엄마가 말하기 무섭게 아키나가 울부짖었다.

"싫어! 싫어! 싫다고! 절대 안 돼! 전학 같은 거 안 갈 거야. 나미초등학교가 좋다고!"

"얘는, 무슨 소리를 하고 있어."

엄마는 담담한 표정이다.

"이사 가게 됐는데 어떡하니 그럼. 새집에서 여기까지 학교를 다닐 수는 없잖아."

"그런 게 어딨어! 미코랑 하나랑 헤어지기 죽어도 싫단 말이야……."

아키나가 훌쩍대기 시작했다.

아레이와 아빠는 곤란하게 됐다는 듯 눈길을 주고받았지만 엄마는 꿈쩍도 하지 않았다.

"학교가 달라져도 같이 놀 수 있어. 바로 옆 동네니까. 버스로 30분밖에 안 걸려. 미코랑 하나한테 새집으로 놀러 오라고 하자."

입을 쭉 내민 채 고개를 떨군 아키나를 보면서 엄마는 들뜬 목소리로 말을 이었다.

"아키나, 지난번에 엄마가 보여 준 팸플릿 기억나지? 그 집이야. 근사하다고 했었잖아. 신도시에 새로 지은 단독 주택이란다. 학교도 좋아. 초등학교와 중학교를 합쳐서 9년제로 운영하는 통합학교래. 이제 오빠하고 같이 학교 다닐 수 있어."

"오빠랑 같은 학교 진짜 싫거든!"

아키나가 뱉어 내듯 소리쳤다. 그 말에 아레이는 울컥하며 속으로 되받아쳤다.

난 뭐 좋은 줄 알아! 어째서 초등학생 여동생이랑 같은 학교에 가야 하냐고…….

엄마가 길길이 날뛰는 아키나를 구슬리듯 말했다.

"새집으로 이사하면 아키나 방을 예쁘게 꾸며 줄 건데?"

아키나는 한 달 전부터 벽지 색을 연보라색으로 바꿔 달라고 노래를 부르고 있었다. 넘치는 아빠의 책을 제 방에 보관하는 것도 늘 불만이었다.

고개만 푹 숙이고 있던 아키나가 슬쩍 눈길을 들자 엄마가 한 차례 더 밀어붙였다.

"그 집에는 앞에 넓은 마당도 있어. 잘하면 강아지도 기를 수 있겠네!"

"정말?"

드디어 아키나의 마음이 움직인 모양이다. 그러나 엄마는 말을 아낀 채 그저 여유롭게 미소를 지어 보일 뿐이었다.

"어쨌든 아키나도 아레이도 분명 이사 갈 집이 마음에 들 거야. 지금보다 훨씬 넓고 반짝반짝하니까. 학교도 새로 지은 건물이란다."

"학교 이름이 뭔데?"

아키나가 묻자 엄마가 웃으며 대답했다.

"미래통합학교."

"뭐?"

이제껏 한마디도 없던 아레이가 그제야 말을 꺼냈다.

"무슨 통합학교?"

엄마가 아레이를 보며 한 번 더 찬찬히 학교 이름을 말했다.

"미. 래. 미래통합학교라고."

"미래……?"

중얼거리는 아레이의 머릿속에 꿈에서 본 고양이의 목소리가 되살아났다.

"미래의 언덕으로 오너라."

잠자코 있던 아빠가 비로소 입을 열었다.

"이사는 개학 2주 전에 할 거다. 둘 다 자기 물건은 알아서 챙겨서 이사 준비를 해 두렴."

"네……."

아레이는 아빠에게 건성으로 대꾸하며 희한하게 맞아떨어지는 꿈과 현실에 마음을 빼앗겼다.

그래, 고양이는 시간적으로 미래가 아니라 미래라는 장소로 오라고 한 거야.

그렇게 생각하니 등줄기가 다소 서늘해졌다. 요동치는 마음을 애써 잠재우며 아레이는 창밖으로 시선을 돌렸다. 식탁에 내리쬐는 미심쩍은 아침 햇살 속에 봄기운이 가느다랗게 감도는 듯했다.

겨울이 막을 내리고, 이제 새로운 계절이 시작되려 한다. 아레이는 그 너머에 무엇이 기다리는지 아직 알지 못했다.

Q

신도시는 봄 안개에 폭 덮여 있었다. 이곳은 새벽녘과 해 질 무렵이면 곧잘 안개가 낀다. 부옇고 자욱한 안개는 북쪽에 줄지은 산들의 기슭에 깔린 다음 동쪽을 흐르는 강을 따라 뻗어 나가 남쪽의 호수를 감싸며 서쪽 국도 방향으로 흘러갔다.

큼지막한 언덕배기나 높은 건물들이 안개 고랑마다 머리를 비죽 내밀고 아침 햇살에 빛났다. 조금 더 해가 오르면 안개는 말끔히 걷힐 것이다. 그러면 흰 베일에 싸였던 신도시의 모습이 또렷이 드러난다.

아레이 가족이 이곳으로 이사 온 지도 어느덧 2주가 다 되어 간다. 신도시는 아직 도시라고 부르기도 민망한 풍경이었다. 도로는 대부분 뚫려 뼈대야 갖췄지만, 눈길 닿는 곳마다 파헤쳐진 맨땅이 펼쳐져 있었다.

집과 건물이 들어선 곳은 마을 중심부뿐. 그것도 모노레일 역 북쪽에서 서쪽으로 이어진 일부 지역에 한해서였다. 그런 미완성 마을 한가운데 야트막한 언덕이 솟아 있고, 그 위에 아레이가 다니게 될 미래통합학교가 떡하니 서 있었다.

올해 2월에 아레이와 아키나는 각각 중학교 1학년과 초등학교 4학년을 마쳤다. 원래라면 3월부터 중학교 2학년과 초등학교 5학년이 되었겠지만, 9년제 미래통합학교에는 초등학교와 중학교 구분이 없다. 그래서 두 사람은 새 학교에서 8학년과 5학년으로 이름을 올렸다.

이사 후 줄곧 아레이에게 최악의 나날이 이어졌다. 아레이는 변화라면 질색이었다. 되도록 날마다 똑같은 일을 되풀이하며 지내고 싶었다. 그것도 한 치의 오차 없이 정확하게 반복되는 하루하루여야 했다.

아침에 현관을 나설 때는 반드시 오른발로 첫걸음을 내디뎠고, 딱 620걸음 만에 교문에 도착했다. 교문을 들어설 때도 역시 오른발부터 116걸음으로 중앙 현관에 이르고, 또 오른발부터 뻗어 교실로 들어선다. 언제나 같은 발, 같은 걸음 수로 목적지에 닿는 것이 아레이의 철칙이었다.

아침 식사도 마찬가지였다. 정해진 사기 그릇에 일정량의 시리얼을 담고, 우유 300밀리리터를 고르게 부어 늘 같은 숟가

락으로 떠먹는 것이 아레이의 규칙이었다. 하지만 이삿짐을 싸던 중, 엄마가 그 그릇을 깨트리고 말았다.

다음 날 아레이는 비집어 나오는 비명을 꾹 누르고 새 그릇을 받아 들었다. 참담한 심정으로.

개학식 날에도 불길한 일이 벌어졌다. 집에서 학교까지의 거리는 예전 중학교보다 조금 멀었다. 무심결에 걸음 수를 세던 아레이는 711걸음 만에 교문 앞에 다다르자 당황했다. 홀수 걸음이라니. 이러면 왼발부터 교문 안으로 들여놓게 된다.

그건 꺼림칙했다. 무엇 때문인지는 모르겠지만, 아레이에게 왼발로 첫걸음을 내딛는 건 마치 옷을 뒤집어 입고 외출하는 것처럼 어색하고 불편한 일이었다. 그래서 아레이는 교문 앞에 멈춰 서서 마음을 다잡았다. 호흡을 가다듬고 오른발로 한 걸음에 들어서기 위해 준비하는 순간, 누군가 아레이를 세게 밀치며 뛰어갔다. 휘청이며 버티려 했지만 이미 왼발이 교문 안에 들어와 있었다.

새 학교 첫날, 첫걸음을 왼발로 떼었다는 사실에 망연자실한 아레이는 자신을 밀친 녀석의 뒷모습을 눈으로 좇았다.

홀쭉하고 키가 큰 소년. 남색 재킷에 회색 바지. 교복 차림이다. 부딪힐 때 언뜻 본 넥타이는 초록색이었다. 그렇다는 건 아레이와 같은 8학년이거나 한 학년 위인 9학년이라는 뜻. 이 학교는 두 학년씩 교복 넥타이 색을 나눠서 6학년과 7학년은 자주색, 4학년과 5학년은 파란색이다. 3학년 밑으로는 사복을 입는다.

뛰어오르는 듯한 발걸음으로 멀어져 가는 키다리 소년의 뒤통수를 흘겨보며 아레이는 비명을 지르고 싶은 마음을 다시금 꾹 눌렀다.

개학식 장소인 체육관 입구에는 학교 시설 안내도와 전교생 명단이 붙어 있었다. 놀랍게도 전교생 수는 1학년부터 9학년까지 전부 다 합해도 겨우 71명이었다. 가장 많은 건 1학년 신입생. 여자 14명, 남자 11명으로 총 25명. 나머지 학년은 10명도 채 안 됐다.

특히 8학년과 9학년은 더 적었다. 아레이가 속한 8학년은 남자 둘, 여자 하나. 그리고 9학년은 남자 둘뿐이었다. 문제는 그 8학년 남자 중 한 명이 바로 아레이를 밀치고 간 키다리라는 점이었다. 더 큰 문제는 그 아이가 Q라는 사실이고.

Q는 물론 별명이다. 본명은 큐샤 오사무. 아레이가 다니던 중학교의 옆 학교 학생이었는데, 근방에서 Q를 모르는 애는 없었다. 1학년 때부터 온갖 수학 시험에서 늘 만점을 받고, 도내 수학 경시대회에서도 1등에 이름을 올렸다.

초등학교 3학년 때 이미 여덟 자릿수 곱셈은 누워서 떡 먹기였다는 둥, 중학생이 되자마자 대학 입시용 수학 문제집을 웃으면서 풀었다는 둥, 경시대회 문제의 오류를 발견하고 시험장에서 분노했다는 둥……. 진실인지 거짓인지 알 수 없는 소문이 아레이네 학교까지 흘러들었다.

무서울 만큼 숫자에 강하고 터무니없이 수학을 잘하며, 그리고 어째서인지 어마어마한 바보라는 게 Q에 대한 평판이었다. 듣자 하니 수학 빼고는 뭐 하나 제대로 하는 게 없다고 했다. 특히 기억력이 아주 나빠 친구나 선생님 이름조차 새까맣게 잊는단다.

하루는 담임 선생님의 영어 수업에서 지목받은 Q가 일어나더니 선생님 얼굴을 물끄러미 쳐다보며 "누구셨죠?"라고 물었다고 한다. 정말 담임 얼굴을 몰랐던 건지, 아니면 난해한 수학 문제에 정신이 팔려 영어 수업 중이었음을 까맣게 잊었던 건지 아무도 모른다.

확실한 건 Q가 어지간히 괴짜라는 점이었다. 그런 아이와 같은 반이라는 사실만으로도 재난인데, 미래통합학교 8학년은 달랑 셋. 한 반에 서른 명 정도 되면 찜찜한 애가 있다 해도 피하면 그만이지만, 세 명뿐이라면 얽히지 않을 도리가 없다.

아레이는 8학년 명단에서 큐샤 오사무를 발견했을 때, 다른 사람이기를 간절히 빌었다. 그러나 그 바람은 금세 산산조각 났다.

학년별로 집합하여 개학식을 기다리는 동안 Q는 처음 만난 아레이에게 느닷없이 질문을 던졌다.

"너 말이야, 407과 350 중에 어느 쪽이 좋냐?"

아레이는 어리둥절하여 Q를 보았다. 좀 더 정상적인 질문은 없을까. 최소한 클래식과 재즈, 야구와 축구, 짬뽕과 자장면 중 뭐가 좋으냐는 질문이라면 이해가 간다. 407과 350의 비교 기준이 대체 뭐란 말인가.

아레이는 대답을 기다리는 Q에게 마지못해 대꾸했다.

"407…… 이려나."

Q는 기쁜 듯 웃으며 끄덕였다.

"훗, 역시."

뭐가 '역시'라는 것인지 도통 알 수 없었지만, 그때 아레이는 확신했다. 이 아이가 분명 소문 무성한 Q라고…….

아레이 옆에서 Q는 즐겁다는 듯 중얼거리기 시작했다.

"407은 역시 좋지. 4와 0, 7로 이루어진 데다 4, 0, 7 각 수를 세제곱해 더한 것과 같으니 말이야. 되게 빈틈없고 충실한 수잖아."

8학년의 나머지 한 명은 오카쿠라 히카루라는 체구가 작은 여자아이였다. 체크무늬 주름치마를 덮는 남색 재킷은 보기에도 치수가 커서 옷소매를 여러 번 접어 올렸다. 하얀 블라우스 목깃에는 넥타이 대신 초록색 리본을 맸다.

기념 촬영을 위해 줄을 서니 Q와 아레이, 히카루는 마치 대,

중, 소 교복 샘플처럼 보였다.

개학식이 끝나고 반별 조회 시간. 히카루는 자신이 다른 지역에서 전학 왔다고 소개했다. 줄곧 따분해하던 Q는 히카루가 말을 마치자마자 몸을 쑥 내밀며 물었다.

"야, 너 키 몇이냐?"

대답이 없었지만 Q는 눈치 없이 또 물었다.

"키가 몇이냐니까?"

히카루는 자리에 앉으며 짜증 섞인 눈초리로 Q를 쏘아보고는 귀찮다는 듯 나직이 답했다.

"153."

그 순간 Q의 눈빛이 번쩍였다. 그러고는 흥분한 듯이 옆쪽으로 몸을 기울여 아레이에게 속삭였다.

"야, 들었어? 153이래! 이런 우연이 다 있냐!"

"뭐가?"

아레이는 얼떨떨해 되물었다.

Q는 또다시 까닭 모를 소리를 했다.

"153도 1과 5, 3으로 이루어졌잖아. 1, 5, 3 각 수를 세제곱해 합한 값이지. 봐, 네가 좋아하는 407이랑 똑같잖아!"

"내가 좋아하는 407?"

어처구니가 없어서 아레이가 무어라 되받아치려 했을 때, 교단에서 소심한 목소리가 날아왔다.

"거기, 좀 조용히……."

8학년 담임 이나미 다카히로 선생님이다. 아레이는 흠칫 어깨를 움츠렸지만 Q는 아무렇지 않다는 듯 멍한 얼굴이었다.

아레이는 속으로 남몰래 툴툴거렸다.

왼발이다……. 왼발부터 학교에 들어선 탓이다.

이 모든 게 Q 때문이라고 생각하니 아레이는 또 한 번 비명이 터져 나올 것만 같았다.

히카루를 뒤이은 Q의 자기소개는 아주 짧았다.

"큐샤 오사무입니다."

이 말만 하고 자리에 앉았다.

"더 할 말 없어? 그래선 이름밖에 모르잖니."

이나미 선생님이 어색한 웃음을 띠며 말을 붙였으나 Q는 대꾸도 하지 않았다. 이미 창밖을 내다보며 자기만의 세상에 빠져 버린 것이다.

"자, 다음."

이나미 선생님은 더 이상 캐묻지 않고 아레이에게 순서를 넘겼다.

귀 기울일 기미조차 없는 Q, 고개를 홱 돌린 히카루를 앞에 두고 아레이는 자리에서 일어섰다.

"다시로 아레이입니다."

이나미 선생님은 또 싱거운 웃음을 지으며 말을 건넸다.

"아레이는 이전 학교도 같은 동에 있었지? 동네가 익숙할 테니 히카루에게 여러 모로 알려 주렴."

아레이는 까딱이지 않았다. 아레이에게 이곳이 익숙하다면 옆 학교였던 Q도 같은 조건인데, 굳이 자신에게만 부탁할 이유는 없다고 생각했기 때문이다.

이나미 선생님이 멋쩍은 듯 출석부를 내려다보았다. 그 틈에 아레이는 자리에 앉았다.

"음 그럼…… 오카쿠라 히카루, 큐샤 오사무, 다시로 아레이. 이렇게 8학년이다. 서로 이름과 얼굴 먼저 익히렴."

이나미 선생님의 당부는 아레이에겐 일도 아니었다. 아레이는 한 번 본 건 잊지 않는다. 모든 정보가 머릿속에 영상처럼 저장됐다. 마치 눈이 카메라 렌즈고 뇌가 메모리 카드같았다. 아레이는 모든 걸 기억하고 보존했다. 하나도 빠짐없이.

체육관 앞에 붙어 있던 전교생 71명의 이름도 이미 전부 외웠다. 일부러 애쓴 건 아니었다. 명단을 본 순간 머리가 자동으로 기억해 버렸다.

아레이는 자신의 비범한 기억력을 들키지 않으려 늘 주의했다. 때로는 알아도 모르는 척하고 시험 답안은 일부러 몇 문제씩 틀리게 적었다. 학원 다니라는 말이 나오지 않게 늘 상위권을 유지하면서도 중학생답지 않은 박식함이 무의식중에 표 나지 않도록 주의했다.

이어서 이나미 선생님이 내일 있을 오리엔테이션과 앞으로의 일정을 설명했다. 히카루는 메모를 끄적였고, Q는 여전히 창밖만 멍하니 바라보고 있었다.

골치 아픈 반이 될 것 같다. 한 반에 25명이었던 작년과는 달랐다. '기타 등등' 중 한 명이 될 가망은 없어 보였다.

이 반에서 평균이 되려면 어떻게 해야 하지? 아니, 애초에 Q와 히카루 사이에 평균이라는 게 존재하긴 할까?

아레이가 비어져 나오려는 한숨을 틀어막았을 때 불쑥 Q가 몸을 기울였다. 그러고는 들릴락 말락 나지막한 목소리로 속삭였다.

"근데 너, 소수 좋아하냐?"

아레이는 더는 참지 못하고 깊은 한숨을 몰아쉬었다.

복도

학교생활 이틀째. 2교시까지 오리엔테이션이고 3교시부터는 교과 수업이 예정되어 있었다. 오리엔테이션은 7, 8, 9학년이 한꺼번에 한다.

오늘 아레이는 기분이 좋았다. 집에서 학교까지 714걸음으로 걸어 순조롭게 오른발부터 교문 안으로 집어넣었기 때문이다. 괜스레 앞으로 일이 술술 풀릴 듯한 느낌이 들었다. 그래서 옆자리에 앉은 Q가 오리엔테이션 내내 다리를 덜덜 떨면서 하품을 하든, 엉뚱한 혼잣말을 중얼거리든 그다지 거슬리지 않았다. 아니, 거슬리지 않는 체할 수 있었다.

히카루는 Q보다 한 칸 앞자리에 앉았는데 의자 등받이에 다리떠는 진동이 느껴질 때마다 뒤돌아 사나운 눈초리로 Q를 째려봤다. 안타깝게도 Q가 그 시선을 알아차릴 일은 영영 없을 듯했지만.

아이들이 모인 곳은 다목적실이라 불리는 널찍한 교실. 기껏해야 열두 명인 7, 8, 9학년이 쓰기에는 다소 썰렁했다. 9학년 두 명, 8학년 세 명, 그리고 여자 셋 남자 넷인 7학년 일곱 명은 학년끼리 모여 앉아 있었다.

Q가 오리엔테이션 중에 눈을 반짝인 건 딱 한 번뿐이었다. 다목적실 안을 빙 둘러본 Q는 만족스레 중얼거렸다.

"소수다……. 2하고 3 그리고 7. 각 학년 학생 수가 소수. 게다가 전교생 수도 소수. 좋은데? 이 학교……."

Q는 아이스크림을 먹을 때처럼 달콤하게 웃었다.

교단에는 세 선생님이 나란히 서 있었다. 오리엔테이션 대부분은 9학년 담임이자 학생 지도 담당인 마모루 선생님이 부드러우면서도 전달력 있는 목소리로 설명했다. 마모루 선생님은 수학을 가르친다고 했다. 눈매가 부리부리하고 체격이 다부졌다. 특히 손이 큼지막했다.

7학년 담임은 마리코라는 영어 선생님. 뽀얀 피부에, 전반적으로 동글동글했다. 아레이는 왠지 만두 같다고 생각했다.

아레이 반 담임인 이나미 선생님은 국어를 맡는다 했다. 이나미 선생님은 어쩐지 어색해하며 눈을 내리깔고 이따금 슬쩍슬쩍 학생들에게 시선을 던졌다.

마모루 선생님이 무슨 말을 할 때마다 7학년들은 왁자지껄하다. 어제와 오늘 겨우 이틀 사이에 벌써 꽤 가까워졌나 보다. 9학년 둘도 틈틈이 말을 주고받으며 웃거나 고개를 끄덕이고 있었다. 철저하게 제각각인 8학년과는 딴판이다.

하지만 아레이는 지금의 데면데면함에 마음이 놓였다. 차라리 이대로 그 누구와 어떤 관계도 맺지 않고 말을 섞지 않는다면 이보다 편할 수는 없을 거다. 거추장스러운 기억력을 필사적으로 감추거나 또래 친구들의 수준에 억지로 맞추려 애쓰지 않아도 되니까.

"매 학기 중간고사와 기말고사를 치를 건데, 이번 1학기는 중간고사 생략이다. 단원평가와 기말고사만 실시할 거야. 그리고 연 2회 기초학력 진단평가도 있으니까 잊지 말고."

마모루 선생님 말에 7학년이 또 호들갑을 떤다.

"거짓말!"

"말도 안 돼!"

말도 안 되긴 뭐가 안 돼. 7, 8, 9학년은 중학교 기준에 맞춰 운영한다고 분명히 설명했는데.

아레이의 머릿속에서 몇 달 전 학교 설명회 때의 기억이 선명하게 재생됐다.

"동아리도 있나요?"

"그럼! 아직 종류는 적지만……. 탁구부, 육상부, 음악부,

공예부가 있다."

7학년 남자아이의 질문에 마모루 선생님이 대답했다. 이내 야유가 쏟아졌다.

"그게 다라고요?"

"야구부 없나요?"

"축구는요?"

"나는 전에 방송부였는데……."

그렇게 동아리를 잔뜩 만들어서 어쩔 셈인데? 세 학년을 모두 합해도 열두 명뿐인데 축구는 어떻게 하려고? 다 같이 축구부 들자고?

7학년들의 소란에 아레이는 속으로 혀를 찼지만 노련한 마모루 선생님은 평온했다. 싱글싱글 유쾌하다는 듯 학생들을 둘러본 뒤 목청 높여 오리엔테이션을 매끄럽게 이어 갔다.

"아무래도 지금은 인원이 적잖니. 머잖아 학생이 많아지면 동아리 종류도 늘 거다. 아, 그리고 동아리는 5학년 이상부터 참여한다."

"네? 초등학생도 동아리를 해요?"

아까부터 앞장서서 오리엔테이션을 휘젓고 있는 7학년 남자아이가 또 투덜거렸다. 야스카와라는 꼬맹이다. 아레이는 야스카와의 새된 목소리와 시건방진 말투 때문에 아까부터 짜증이 나 있었다.

마모루 선생님이 야스카와의 말을 바로잡았다.

"초등학생이 아냐. 미래통합학교에 초, 중 구분은 없어. 다 같은 학교 학생이지."

"그렇지만 꼬맹이랑 어울리면 귀찮다고요."

꼬맹이 야스카와의 말을 아레이는 질린 표정으로 흘려들었다. 동아리 따위 아레이는 아무래도 상관없었다. 예전 중학교에서도 동아리에 들지 않았고, 앞으로도 어딘가에 속할 일은 되도록 피하고 싶었다.

동아리 같은 걸로 시끌벅적한 7학년에 비하면 다리나 떨어 대는 Q가 그나마 나았다. Q를 끈덕지게 노려보는 히카루도 동아리에 별반 흥미가 없어 보였다. 그때 아주 잠깐이지만 의외로 괜찮은 아이들일 수도 있겠다는 생각이 들었다.

마모루 선생님이 교단 뒤에 걸린 벽시계를 보더니 "오······." 하고 소리를 냈다.

"시간이 언제 이렇게 됐지? 일단 한 번 쉬자. 화장실 가고 싶은 사람은 다녀와라. 10분 내로 돌아오도록. 복도에서 떠들지 말고."

이 학교는 수업 종이 거의 울리지 않는다. 아침 첫 수업과 점심시간 그리고 5교시 시작 때만 종을 쳤다. 1학년부터 6학년의 수업 시간과 7학년부터 9학년들의 수업 시간이 달라서 일일이 종을 쳤다가는 도리어 헷갈릴 터였다.

7학년은 한데 뭉쳐 와글와글 이야기꽃을 피우기 시작했다. 어느 동아리에 가입할까? 담당 선생님은 누구일까? 탁구부가 좋을까, 음악부가 좋을까? 등등으로.

"선배는 어떻게 할 거예요?"

7학년 여자아이가 친근한 목소리로 히카루에게 물었다. 아레이는 불똥이 튀지 않도록 교실을 빠져나왔다. 누가 말을 걸면 피곤하니까. 딱히 화장실에 가고 싶진 않으니, 쉬는 시간 동안 학교 안을 둘러볼 작정이었다.

학교 본관은 한 바퀴 빙 돌기 좋은 구조였다. 중앙 정원을 에워싸듯 'ㅁ'자 형태로 지어졌기 때문이다. 어디에서 출발하든 복도를 똑바로 걸어가면 언젠가는 다시 처음 위치로 돌아올 수 있었다.

4층짜리 학교는 네 모퉁이마다 계단이 있다. 네 곳의 계단 색을 모두 다르게 칠했는데, 거기가 동서남북 어느 쪽 본관인지 쉽게 구분하기 위해서였다. 남동쪽 모퉁이의 계단은 분홍색, 남서쪽은 파란색, 북서쪽은 초록색, 북동쪽은 노란색으로 칠했다.

아레이는 남쪽 본관 1층 다목적실 앞에서 시계 방향으로 돌기로 했다.

학교 건물은 최대 800명을 수용하는 규모였지만, 현재 학교에 들어와 있는 사람은 학생과 선생님을 합해도 겨우 100명 남짓. 건물 안은 휑하니 층마다 빈 교실이 눈에 띄었다. 아레이네 반이 있는 남쪽 본관 3층도 교실 하나가 텅 비어 있었다. 다목적실이 있는 1층만 1, 2학년 교실까지 있어 꽉 들어찬 상태였다.

아레이는 화장실을 곧장 지나쳐 1, 2학년 교실 앞 복도를 걸어갔다. 복도 쪽이 전부 미닫이문이어서 문을 다 열면 교실과 복도를 하나의 공간으로 만들 수 있었다. 문을 닫더라도 허리춤부터 유리였기 때문에 교실 안팎이 훤히 보였다.

1학년 몇몇이 수업은 뒷전인 채 복도를 걷는 아레이를 쳐다보고 있었다. 그중 하나가 태연스럽게 자리에서 일어나더니 미닫이문에 이마를 가져다 대고 멀뚱멀뚱 아레이를 관찰하기 시작했다.

"피코! 지금 뭐 하니? 얼른 자리에 앉으렴."

풀이 죽어 제자리로 돌아가는 땅꼬마를 곁눈질하며 아레이는 좀 더 빠르게 걸었다. 2학년 교실 앞도 서둘러 지나쳐 갔다. 또 교실 밖으로 주의를 빼앗긴 2학년이 나타나면 곤란하니까.

교실 두 개를 지나 교무실 쪽으로 수직으로 꺾으면 서쪽 본관. 다목적실에서 교무실 앞까지는 48걸음.

짝수다!

모퉁이를 돌며 아레이가 흡족한 미소를 지었다. 이어서 다시 오른발부터 서쪽 복도를 걷기 시작했다.

서쪽 본관 1층에는 교무실과 중앙 현관, 급식실이 있다. 급식실은 100명이 한꺼번에 식사할 수 있을 만큼 컸는데, 머지않아 급식이 시작되면 전교생 71명이 이곳에 모여 점심을 함께 먹는다고 한다.

텅 빈 급식실 앞으로 복도 모퉁이가 보인다. 교무실에서 이 끝까지는 56걸음.

이대로만 가자.

오른발부터 떼어 북쪽 본관 복도로 들어서자 주위를 감싸는 공기가 달라졌다. 북쪽과 동쪽 본관은 아직 거의 쓰지 않는다. 북쪽 본관에는 급식 조리실과 보건실, 동쪽 본관에는 교실 다섯 개가 줄지어 있다. 발길이 뜸해서인지 휑뎅그렁한 복도는 어쩐지 터널같이 고요하고 선뜩한 공기로 가득했다. 새 건물 특유의 눅눅한 콘크리트와 새로 칠한 페인트 냄새가 났다.

타박타박. 아무도 없는 복도에 아레이의 발소리가 울렸다.

뭐지……?

아레이는 걸음을 멈추고 고개를 돌렸다. 누군가 지그시 쳐다보는 것 같은 느낌이 들었다. 뒤돌아봤을 땐 아무도 없었다. 방금 지나온 복도가 어슴푸레 가라앉아 있을 뿐이다.

"멍청하게……"

괜스레 겁을 집어먹다니. 아레이는 휙 몸을 돌려 잰걸음으로 걷기 시작했다. 그러나…… 역시 시선이 느껴진다. 목덜미가 오그라드는 듯한 강렬한 시선이다.

힐끔 뒤를 살폈다. 아무도 보이지 않는다. 텅 빈 복도에서 움직이는 건 아레이뿐인데 시선은 계속 느껴졌다. 정체를 알 수 없는 누군가에게 관찰당하고 있다고 생각하니 소름이 오스스 돋았다.

아레이가 무심결에 달음질쳤다. 복도 끝이 코앞이다. 모퉁이를 돌면 동쪽 본관. 그곳을 빠져나가면 다목적실이 있는 남쪽 본관에 다다를 수 있다.

탁 타탁 탁 탁! 복도 모퉁이로 접어들려던 그때…….

"으악!"

반대편에서 튀어나온 누군가와 정면으로 부딪쳐 버렸다.

나가떨어진 아레이는 기묘한 감각에 사로잡혔다. 일순간 보이지 않는 힘에 주위 공기가 흐물흐물 일그러진 것 같았다.

"왁! 뭐야, 너였냐?"

부딪친 상대가 놀란 듯이 말했다. 아레이도 비로소 상대를 확인했다.

"Q…… 샤?"

두 사람은 약속한 듯이 지나온 복도를 초조하게 돌아보았다. 아레이와 Q는 지금 북쪽과 동쪽의 복도가 교차하는 모퉁이에 서 있었다. 복도에 움직이는 건 전혀 없었다. 텅 빈 복도 양쪽은 어두컴컴하게 잠잠했다.

"아니 글쎄, 누가 빤히 쳐다보는 것 같길래."

Q의 말에 아레이는 "어?" 하며 숨을 삼켰다.

"너도?"

아레이의 반응에, 이번에는 Q가 놀라 되물었다.

"엉? 너도라니, 그럼 너도?"

두 사람은 다시 한번 휑한 복도를 건너보았다.

"이제 돌아가자."

아레이가 입을 열자 Q가 고개를 끄덕였다.

"그러자. 학교에 사람이 없으니까 괜히 섬뜩하네. 쉬는 시간 동안 좀 둘러볼까 했더니."

마음을 가다듬은 아레이는 동쪽 복도에 오른발부터 들여놓았다. Q도 아레이 옆에서 나란히 걸음을 뗐다. 이제 시선은 느껴지지 않았다.

대체 뭐였을까?

아레이는 가슴속에 부풀어 오르는 불안을 누르며 머리를 굴렸다.

안개

이상했다. 기분 탓만은 아닌 위화감을 느꼈다. 인기척 없는 복도를 홀로 걸어서 신경이 곤두섰던 걸까? 이사부터 큰 변화가 많아 평소보다 예민해진 걸지도 몰랐다. 분명 그뿐이라고 믿고 싶었지만 아레이는 스스로를 잘 설득할 수 없었다.

불안이 계속 피어오른다.

동쪽 복도가 끝나는 모퉁이가 보였다. 저곳을 돌면 다목적실이다. 이번에도 56걸음으로 딱 맞추어 끝내고 오른발부터 남쪽 복도를 밟아야겠다고 걸음 수를 세던 아레이는 기묘한 사실을 알아챘다.

너무 많다. 벌써 58걸음에 달하고 있었다. 58, 59, 60……62걸음으로 간신히 복도 끝에 도착했다.

희한하네……. 서쪽 복도는 56걸음이었는데 어째서 동쪽 복도가 여섯 걸음 더 많지?

찜찜한 마음을 안고 모퉁이를 돌아 오른발을 남쪽 복도로 내디뎠다. 쥐 죽은 듯이 고요했다.

"큰일 났다!"

옆에서 Q가 말했다.

"벌써 쉬는 시간이 끝났나? 다들 교실로 들어갔나 본데."

학교를 한 바퀴 도는 데 10분이나 걸렸을 리 없을 텐데 어째서인지 복도에는 아레이와 Q뿐이었다.

발걸음을 재촉해 다목적실 앞까지 간 두 사람은 또 한 번 놀랐다.

"엇?"

Q가 외마디를 내뱉었고 아레이는 숨을 죽였다.

아무도 없다. 다목적실 안이 텅텅 비어 있다.

"잉? 모두 어딜 간 거지?"

Q가 미닫이문 유리 너머로 안을 휘휘 둘러보며 말했다.

아레이도 Q 옆에서 조마조마한 기분으로 다목적실을 들여다봤다. 어쩐지 께름칙했다.

"야, 좀 이상하지 않냐?"

아레이의 속마음을 Q가 소리 내어 말했다.

"무지 조용해. 여기만 그런 게 아니라 꼭…… 학교 전체가 텅 빈 것 같아."

아레이는 가만히 귀를 기울였다. 아무 소리도 안 난다. 평상시라면 학교 어딘가에서 날 만한 소리가 전혀 들리지 않았다. 교실에서 새어 나오는 말소리, 복도를 걷는 발소리, 아득한 웅성거림이나 위층에서 아이들이 돌아다니는 기척도……. 아무 소리도 없다.

불안이 다시 머리를 든다.

그때 아레이는 또 하나 묘한 걸 알아챘다. 다목적실 창문. 창밖이 어째서인지 무언가가 칠해진 듯 새하얬다.

안개? 언제 안개가 낀 거지? 아까만 해도 맑았는데…….

아레이는 천천히 뒤를 돌아보았다. 중앙 정원을 향해 난 유리문 바깥에는 안개가 없었다. 그림자가 드리워져 어두워 보일 뿐이었다.

Q도 아레이의 눈길을 따라 좇더니 "어라?" 하고 목청을 높이며 다목적실 창밖과 중앙 정원을 번갈아 봤다.

"뭐야? 어떻게 된 거지? 밖에는 갑자기 안개가 가득 꼈는데 중앙 정원에만 안개가 없다니……. 뭐지?"

Q는 유리문에 다가가 그 너머로 중앙 정원과 하늘을 살피고는 한 번 더 "어?" 했다.

"위쪽은 뿌연데, 희한하네. 어째서 중앙 정원으로 안개가 안 내려오지?"

아레이도 Q에게 답할 수 있으면 좋겠다고 생각했다. 이 모든 게 어떻게 된 영문인지 알고 싶었다. 왜 다목적실이 텅 비었는지, 어째서 학교에 숨소리 하나 없는지, 왜 주변에 자욱한 안개가 중앙 정원으로 내려앉지 않는지.

터무니없이 기묘한 일이 일어나는 것 같았다.

"교무실로 가 보자."

아레이가 Q에게 말했다.

"그래."

Q도 순순히 끄덕였다.

둘은 남쪽 복도를 빠른 걸음으로 걷기 시작했다. 다목적실을 지나쳐 1, 2학년 교실 앞을 통과했다. 거기도 모두 비어 있었다. 분명 방금까지 수업 중이었는데, 아이들은 모두 사라지고 책걸상만 줄지어 있다. 사람 그림자도 없었다.

"별일이네……. 다들 어디로 갔지?"

Q가 웅얼거렸다.

서쪽 본관으로 들어서자 교무실 미닫이문이 보였다. 교실과 달리 교무실은 복도에서 들여다보이지 않는다.

아레이는 숨을 한 번 들이쉬고 똑똑 문을 두드렸다. 아무 대답이 없었다. 문 너머는 고요했다. Q와 눈짓을 주고받은 아레이가 미닫이문을 단숨에 열어젖혔다.

교무실도 텅 비었다. 선생님이 한 명도 없다. 서류와 책이

너저분하게 쌓인 책상과 회전의자가 죽 있을 뿐이었다. 교무실 창밖도 안개로 덧칠되어 있었다.

이상하다…….

아레이의 가슴속에 불안이 또 한 번 부풀었다. 이제 부풀다 못해 터져 나오기 일보 직전이다.

"이게 뭔 일이냐?"

Q가 물었지만 아레이는 답할 수 없었다. 고작 몇 분, 다목적실을 벗어나 돌아다니는 사이에 학교에 있던 사람들이 다 증발이라도 한 모양이다.

"다들 운동장에 있나……. 아니면 체육관에?"

Q가 이리저리 궁리해 봤지만 아레이는 생각이 달랐다. 이렇게 안개가 자욱한데 굳이 운동장으로 학생들을 불러 모을까? 1미터 앞도 안 보일 텐데. 체육관도 가능성은 적었다. 체육관으로 통하는 쪽문은 북동쪽에 있으니까. 바로 조금 전 아레이와 Q가 박치기한 모퉁이 바로 옆이었다. 아레이도 Q도 모르게 수많은 사람이 그 문을 지난다는 건 말이 안 된다.

어수선하게 주위를 둘러보던 Q가 시선을 멈췄다.

"엥? 뭐야 저게……?"

복도를 돌아본 아레이가 헉하고 숨을 들이켰다. 교무실 옆 중앙 현관부터 허연 게 모락모락 퍼지고 있었다.

"안개야……. 밖에서 들어오고 있어."

두 사람 쪽으로 슬금슬금 흘러드는 하얀 안개를 아레이가 불길하게 쳐다봤다.

"우오오! 드라이아이스 같아. 차가울까?"

Q가 안개에 가까이 다가가 그 속에 발 한쪽을 쑥 넣었다. 그러더니 곧이어 "왁!" 하고 소리치며 안개에서 펄쩍 물러섰다.

"왜 그래?"

아레이가 놀라 묻자 Q는 창백한 얼굴로 뒷걸음질 치며 몸을 부르르 떨었다.

"모르겠어. 안개에 닿으니 찌릿찌릿 저려서……. 순간 온몸에 으스스 소름이 돋고……. 피가 거꾸로 솟는 느낌에, 식은땀이 나고 심장이 요동치고……. 뭐랄까…… 어쩐지……."

"대체 뭔데?"

아레이가 뒷말을 재촉했다.

흘러오는 안개를 피하면서 Q가 말을 이었다.

"엄청 무서웠어. 아마 공포의 맨 밑바닥이란 이런 느낌일 거야. 거기까지 떨어진 기분이었어. 아니, 발부터 공포에 잡아먹힌 것 같다고 해야 하나……."

아레이도 Q와 함께 뒷걸음질하며 서서히 가까워지는 안개를 한 번 더 쳐다보았다. 그때, 바닥 위를 낮게 기는 안개 속에서 큼지막한 거품 하나가 볼록 일더니 팡 터지며 사라졌다. 배구공만 한 크기였다.

"뭐지?"

달아날 태세를 갖추던 Q가 고개를 돌려 안개를 봤다. 마치 Q에게 응답하듯이 커다란 거품이 또 하나 안개 속에서 부풀어 올랐다. 이윽고 거품 속에서 무엇인가 떠올랐다.

눈. 눈알이다!

생선 눈알같이 동그란 게 거품 한가운데 나타났다. 눈알은 거품 속에서 두 사람을 힐끗 노려보았다. 온 땀구멍에서 식은 땀과 함께 와락 뿜어 나오는 듯한 공포가 아레이를 엄습했다.

"와, 왁!"

Q도 하얗게 질려서 안개에서 후다닥 물러나려다 복도 벽에 부딪혔다.

볼록 부푼 눈알 거품은 그대로 쑥쑥 위로 뻗어, 아레이와 Q 앞에서 기둥을 이루었다. 꼭대기에서 눈알 하나가 물끄러미 두 사람을 내려다봤다.

하얀 안개 기둥은 미세하게 바들바들 떨리는 듯했다. 그러면서 조금씩 형태를 바꾸었다. 아레이는 퍼뜩 깨달았다.

사람이다!

기둥은 흔들거리며 형체를 갖추어 갔다. 여기저기가 부풀었다 잘록해졌다 나뉘었다 늘어나며 머리와 몸통, 두 팔과 두 다리가 생겼다.

안개의 얼굴 정중앙에서 눈알 하나가 느릿느릿 깜박였다.

그러다 눈이 번쩍 뜨이는 순간, 안개가 숲을 뒤집어쓴 듯 시커멓게 물들었다.

안개는 사람 형태의 외눈박이 검은 그림자가 되었다.

두 사람은 그림자를 앞에 두고 한순간 꼼짝할 수 없었다. 믿기 힘든 광경에 몸도 머리도 따라가지 못했다.

"도…… 도망가는 게 좋지 않을까?"

Q가 속삭이자 아레이는 정신이 번뜩 들었다.

"가자!"

뱅그르르 그림자를 등지고 아까 지나온 남쪽 본관으로 달리기 시작했다. 아니, 달리려고 했다.

아레이와 Q가 발길을 돌이켜 한 걸음 내딛는 순간, 그 발을 피하듯 무언가가 바닥에서 꿈틀거리며 검은 파도처럼 벽으로 밀려났다. Q가 주춤했다.

"뭐지?"

조그마한 검은 벌레 떼처럼 보였다. 까맣고 동그란 몸에 가느다란 다리가 여러 개 뻗어 있었다.

그늘왕거미인가?

하지만 모습이 달랐다. 지금 눈앞에 있는 벌레들은 작고 까만 몸 한가운데에 흰무늬가 있었다.

"기잇…… 기잇…… 기잇……"

뒤에서 쇠 긁는 소리가 났다. 아레이와 Q는 벌레 떼로 가득

한 벽과 쇳소리가 들리는 등 뒤를 정신없이 번갈아 보았다.

"기잇……기잇……"

외눈박이 그림자의 소리였다. 눈알 하나뿐인 그림자의 얼굴에서 불쾌한 소리가 울려 퍼지고 있었다.

"기잇…… 깃드은…… 깃든이이……"

깃든이?

그림자는 분명 그렇게 말했다. 그리고 몸 옆으로 대롱대롱 늘어트린 팔을 두 사람에게 뻗으며 한 발 내디뎠다.

"가…… 가자."

아레이는 Q의 팔을 툭 치며 남쪽 본관을 향해 달렸다.

"어…… 어!"

Q도 달리기 시작했다.

두 사람 뒤로 벽에 붙은 검은 벌레들이 스멀스멀 바닥으로 기어 내리더니 까만 얼룩처럼 엉겨 붙어 달음박질하는 아레이와 Q를 바싹 쫓았다.

대체 뭐야! 이 요상한 것들은…….

아레이가 속으로 생각하는데, Q가 똑같은 말을 뱉었다.

"대체 뭐야! 이 요상한 것들은……"

아레이가 힐끗힐끗 뒤를 살피며 말했다.

"그늘왕거미와 닮았어."

"그늘왕거미?"

되묻는 Q를 보며 아레이는 말을 이었다.

"하지만 그늘왕거미의 몸통엔 저렇게 작고 동그란 흰무늬는 없어."

"우오오, 새로운 종인가? 그럼 우리가 신종 거미를 발견했다는 뜻?!"

Q는 조금 신난 듯이 큰 소리를 내며 우뚝 서려 했다.

"잡으러 가자는 소리 하기만 해! 빨리 와."

아레이는 단호하게 Q를 재촉해 남쪽 복도를 계속 달렸다.

"왜 갑자기 학교가 거미 천지가 된 거지? 좀 전엔 한 마리도 없었잖아."

달리면서 Q가 고개를 갸웃했다.

"뭔가 이상해. 분명 평소와 달라."

아레이는 아까부터 마음에서 점점 더 선명해지는 느낌을 입에 담았다.

"여긴 우리 학교가 아닌 것 같아……"

텅 빈 교실 앞을 달리며 이야기하는 아레이의 얼굴을 Q가 쳐다보았다.

"뭔 소리야?"

"음, 냄새가 안 나."

"엉?"

고개를 갸우뚱하는 Q의 얼굴을 보며 아레이가 이어 말했다.

"어디에서도 냄새가 안 난다고. 보통 안 그러잖아? 오리엔테이션을 했던 다목적실에서는 사람 냄새가 나야 하고, 교무실에는 교무실만의 냄새가 있어. 또 새 건물이어서 페인트랑 눅눅한 콘크리트 냄새가 줄곧 났다고. 하지만 지금은 아무 냄새도 없잖아?"

아레이 옆에서 Q가 뜀박질하며 콧숨을 크게 들이쉬었다.

"엥? 듣고 보니 그러네. 아무 냄새도 안 나."

다목적실 창문에 몰려든 안개를 곁눈질하며 아레이는 복도 끝에 다다랐다.

"사라진 건 사람만이 아니야. 소리도 냄새도 그리고……"

아레이는 모퉁이를 돌며 무심결에 마음속으로 '1' 하고 세면서 오른발을 동쪽 복도로 뻗었다.

"학교 주변 풍경도 몽땅 사라졌어. 어쩌면……"

"어쩌면, 뭐?"

Q가 되묻자 아레이가 답했다.

"어디로 가 버린 건 다른 사람들이 아니라 우리 아닐까? 우리 둘이 길을 잃었는지도…… 여기서."

"여기서?"

Q는 저도 모르게 발을 멈추고 주위를 둘러보았다.

아레이도 덩달아 복도 중간에 우뚝 섰다. 그리고 다시 한번 인기척 없는 학교 안을 뚫어지게 살펴보았다.

엇?

무언가가 아레이의 마음에 걸렸다. 무언가…… 어딘가…… 아레이가 아는 학교와 다른 것 같다.

바짝 쫓아오던 검은 거미 떼가 슬그머니 두 사람의 발밑으로 기어 왔다.

"휘이 휘이!"

Q가 소리 내며 발을 구르자 거미들은 뒤로 물러났다.

"엑? 아레이, 거미 좀 봐!"

"뭐?"

아레이는 생각이 끊긴 데 짜증을 내며 Q가 가리키는 곳을 보았다.

"무늬가 아닌 것 같아."

주위를 에워싼 거미들의 몸통에서 흰색 무늬가 깜빡깜빡 반짝이는 듯 보였다. 뭐지? 하고 눈을 부릅뜬 순간, 아레이는 번뜩 깨달았다.

"눈이다!"

Q가 먼저 외쳤다.

"저 거미들 몸통에 눈알이 하나씩 붙어 있어!"

온몸에 아스스 소름이 끼쳤다. 그때 어딘가에서 목소리가 다시 들려왔다.

"기이…… 기잇, 기잇…… 깃드은…… 깃든이이……"

"오…… 온다! 도망쳐!"

소리치며 달리려던 Q는 당황한 듯 아레이를 보았다.

"근데 어디로 가지?"

아레이도 마땅한 답이 없었다. 이 복도 끝에는 체육관으로 이어지는 쪽문이 있다. 하지만 거기서 밖으로 나간다 한들 희뿌연 안개에 덮여 있다면 도망칠 데가 없는 것이다. Q는 아까 안개에 한 발을 들여놓은 것만으로 낯빛이 질렸다. 독성이 있는 안개일지 몰랐다.

갇혔다…….

아레이의 심장이 옥죄여 왔다. 식은땀과 공포가 또다시 왈칵 솟구쳤다.

검은 거미 떼가 살금살금 기어 오며 눈알을 끔벅거리는 게 보였다.

"일단 쪽문으로 가 보자. 거기에 안개가 없다면……."

아레이는 안개가 없는 중앙 정원을 힐끗 보면서 지푸라기 잡는 심정으로 말했다.

"기이…… 기이…… 기잇, 깃드은……. 기이잇드은……. 깃든이이……."

외눈박이 그림자의 목소리가 학교에 메아리쳤다. 이어서 그림자가 모습을 드러냈다.

아레이와 Q는 튕겨 나가듯 쪽문 방향으로 도망쳤다. 하지만 복도 모퉁이를 코앞에 두고 급히 멈춰 설 수밖에 없었다. 하얀 안개가 흘러들고 있던 것이다.

"와, 왁! 저기에서도 안개가 들어오잖아!"

포위당했다. 심장이 식는다. 공포로 몸이 마비될 것 같았다.

"기이이이…… 잇든…… 기잇, 깃든…… 깃든이……?"

뒤에서는 그림자 괴물이 다가오고, 앞 모퉁이에서는 안개가 스멀스멀 흘러왔다. 앞뒤로 가로막힌 두 사람은 복도 중간에서 옴짝달싹 못 했다. 동쪽 복도에서 가장 북쪽에 가까운 교실 앞이었다.

앗!

아레이 머릿속에서 줄곧 무언가 찝찝했던 이유가 번뜩 떠올랐다.

"그래! 그래서 걸음 수가 많았구나! 이래서 동쪽 복도가 여섯 걸음 더 많았던 거야!"

"뭐가? 왜 그래?!"

깜짝 놀란 Q가 아레이를 보며 물었다.

"이 복도만 걸음 수가 많아. 여기만 길다고. 교실이 하나 더 있으니까!"

아레이가 눈앞의 교실을 가리켰다.

"이건 원래 없는 교실이야. 교실이 다섯 개여야 하는데 하나 더 있어!"

"그래서?"

아레이도 모른다. 실제와 다른 점을 찾았다고 해서 이 위기를 벗어나는 데 무슨 소용인지는.

그림자와 안개는 양쪽에서 서서히 간격을 좁혀 왔다. 안개 속에서 또다시 퐁 하고 큼지막한 거품 하나가 올라오고 그 한가운데 눈알이 생겨났다. 아레이는 마음을 굳히고 눈앞의 교실 문을 드르륵 열어젖혔다.

"여기야!"

"어? 엉? 여기?"

Q는 혼란스러웠다.

"기이…… 기잇, 기잇…… 깃드은, 깃든이!"

그림자가 코앞까지 왔다. 희뿌연 안개 속에서 거품이 기둥을 이루어 솟아올랐다.

아레이는 교실로 뛰어들었다. 원래는 존재하지 않는, 동쪽 본관에 나타난 여섯째 교실로. Q도 허둥지둥 뒤따라왔다. 아레이는 지체 없이 미닫이문을 닫았다.

헉헉 어깻숨을 내쉬면서 아레이와 Q는 교실 안을 둘러보았다. 교실은 특이했다. 이 학교의 교실은 모두 직사각형인데 이 교실은 가로세로 길이가 거의 같은 정사각형이었다. 원래 교실은 복도와 접한 한 변이 아레이의 보폭으로 열 걸음이었는데,

이 교실의 한 변은 여섯 걸음밖에 되지 않았다.

심지어 교실 안은 텅 비어 있었다. 책상이며 의자, 교탁, 칠판 등 그 무엇도 없었다. 대신 바닥이 특이했다. 정사각형 모양 널빤지가 바닥에 촘촘히 깔려 있었다.

숨을 데라고는 한 군데도 없는 교실 안을 둘러보며 아레이는 여기로 뛰어든 걸 후회했다. 꼭꼭 닫은 미닫이문 너머로 검은 거미 떼가 우르르 유리를 기어오르는 모습이 보였다. 복도에서 조금이나마 떨어지고 싶은 마음에 아레이는 교실의 창가 벽 구석에 기댔다. 그런데 Q는 교실 한가운데 우두커니 서서 무어라 중얼중얼 혼잣말하고 있었다.

"정사각형이라……. 이 교실, 정사각형이란 말이지. 정사각형 바닥에 정사각형 널빤지가…… 어디 보자, 6 곱하기 6이면 36장……. 어? 잠깐! 혹시 이 널빤지 모양……."

미닫이문 유리는 마침내 검은 거미들에게 점령당해 새까맸다. 이제 복도는 보이지 않는다.

"그래! 마방진이야!"

Q가 갑자기 큰 소리를 내는 바람에 아레이는 저도 모르게 "쉿!" 하고 Q에게 주의를 주었다.

"목소리 낮춰! 저 녀석들이 듣잖아."

아레이가 속삭이듯 말하자 Q는 가만히 아레이를 보았다.

"저 녀석들이라면 거미? 거미는 귀가 있던가?"

"어……?"

아레이는 허를 찔려 입을 다물었다. 그러고 보니 거미는 귀가 없는 것 같다. 귀 대신 공기의 진동을 느끼는 감각모가 다리에 나 있다고 했다.

문에 들러붙은 외눈박이 거미들도 감각모가 있을까? 아니, 잠깐만. 애초에 저 녀석들은 정말 거미가 맞나?

"기이이잇…… 든…… 깃든……."

목소리가 미닫이문 바로 건너에서 울렸다. 유리가 달달 떨려 왔다.

Q가 또 중얼거리기 시작했다.

"삼각형 조각을 붙여 정사각형 널빤지를 만들었구나. 아니지…… 정사각형 한 장을 삼각형 여러 개로 조각낸 건가? 저 널빤지는 두 대각선으로 삼각형 4개로 나뉘었고, 이쪽은 대각선 두 줄과 중앙선 한 줄로 나뉘어서 삼각형이 6개……. 저쪽은 삼각형이 14개……. 여긴 29개……."

물끄러미 미닫이문을 바라보던 아레이는 화들짝 놀라 몸이 뻣뻣해졌다.

유리문을 뒤덮고 있던 거미들이 삭 움직인 것이다. 곧이어 둥근 창문 두 개가 열렸다. 거기로 외눈박이 그림자 괴물이 교실을 기웃 들여다보았다.

하나가 아니다. 둘이었다! 두 그림자 괴물이 교실을 엿보고 있었다.

"어라? 이 널빤지, 이상한데? 왜 삼각형이 3개지? 3개면 계산이 안 맞잖아. 여긴 11개여야 하는데……."

Q는 무언가에 정신이 팔려 가까이 다가온 외눈박이 그림자를 눈치채지 못했다.

두 그림자가 시꺼먼 팔을 들어 올렸다. 그러더니 문 틈새로 팔을 끈처럼 늘여 비집고 들어오기 시작했다.

"Q!"

아레이가 소리치며 교실 구석에서 튀어나왔다. 늘어나는 그림자의 팔을 피해 힘껏 Q의 몸을 끌어당겼다.

"왁! 우왓!"

Q의 눈이 휘둥그레졌다.

네 개의 팔은 까만 리본처럼 나부끼며 계속 다가왔다. 이젠 피할 길이 없었다.

"으악!"

아레이와 Q는 동시에 비명을 지르며 몸을 뒤로 젖혔다. 두 사람의 발이 뒤얽혔다. 넘어지지 않으려고 아레이는 한 발로 버텼다. Q도 애써 버티는 중이었다. 둘은 같은 널빤지 위에서 안간힘을 쓰고 있었다.

그 순간, 공기가 보이지 않는 힘에 비틀리며 주변 풍경이 구불퉁하게 일그러졌다. 까마득히 두 그림자 괴물의 목소리가 들리는 듯했다.

"기이이잇…… 든…… 기잇, 기잇든…… 깃든이……"

"기이……기이잇……기이이잇……"

도망

정신 차리고 보니 구불구불 비틀려 보였던 교실 풍경이 원래대로 잠잠해져 있었다.

"어라? 여기……."

Q가 멀뚱히 주위를 둘러봤다. 놀랍게도 두 사람이 서 있는 곳은 평범한 직사각형 교실 안이었다. 책걸상이 늘어서 있고, 바닥에 널빤지나 삼각형 조각은 없다.

"큐샤! 아레이!"

아레이가 흠칫 눈을 들자 문 너머로 이나미 선생님이 보였다.

"여기서 뭐 하니? 2교시 시작한 지가 언젠데!"

카랑카랑 울려 퍼지는 선생님의 목소리를 들으며 아레이와 Q는 얼굴을 마주 보았다. 어디에도 외눈박이 그림자나 검은 거미 때는 보이지 않았다.

없다. 모두 사라졌어…….

"뭐였지 그건?"

Q가 정확히 뭘 지칭하는지 모르게 중얼거렸다. 정사각형 교실을 말하는 걸까? 아니면 미닫이문에 들러붙은 외눈박이 그림자와 거미들을 말하는 걸까?

정말 거기서 빠져나온 걸까?

아레이는 조심스럽게 창밖을 보았다. 안개가 말끔히 걷혀 있었다. 냄새도 돌아왔다. 새 페인트와 눅눅한 콘크리트 냄새를 가슴 깊이 빨아들인 아레이는 후유 숨을 내뱉었다.

여전히 멍한 두 사람을 노려보며 선생님이 문을 완전히 열어젖혔다.

"어서 나와."

이나미 선생님이 부들거리며 말했다.

"이제 이틀밖에 안 됐는데 도대체 무슨 생각이니? 다른 학생들은 벌써 다 모였는데! 쉬는 시간 안에 재깍재깍 들어왔어야지!"

"길을 잃었어요."

Q는 솔직히 답했다. 그러나 이 말을 믿을 사람은 아레이뿐이었다. 이나미 선생님의 관자놀이에 시퍼런 핏발이 섰다.

"장난해? 기, 길을 잃었다니! 마, 말이 되는 소릴 해! 그게 벼, 변명이 된다고 생각하니!"

흥분한 나머지 더듬거리며 이나미 선생님이 화를 냈다.

"죄송합니다."

아레이는 천연덕스레 머리를 숙였다. 어차피 사실대로 말해 봤자 믿어 줄 리 없었다. 그렇다면 냉큼 잘못을 빌고 얼른 상황을 모면하는 편이 나았다.

창백해진 이나미 선생님은 필사적으로 화를 억누르려는 것 같았다. 이윽고 숨을 한 차례 크게 들이쉬고 내쉬더니 휙 발길을 돌렸다.

"선생이 우습지."

나직이 중얼거리는 소리를 아레이는 들은 듯했다.

두 사람은 남쪽 본관으로 걸음을 옮기는 선생님과 조금 떨어져 뒤따랐다. 복도를 걸어가는 동안 아레이는 등줄기가 근질근질해 몇 번이나 뒤를 돌아보고 싶었지만 참았다. 돌아보는 순간 그 정사각형 교실로 도로 끌려갈 것 같아서, 외눈박이 그림자와 거미들이 다시 나타날 것만 같아서 불안했기 때문이다.

Q는 어째 또 중얼중얼 혼잣말을 하며 걷고 있었다.

"마방진이었어……. 6차 마방진. 마법합은 $n(n^2+1) \div 2$. n이 6이니까 마법합은 111. 역시 그 널빤지는 틀렸어……."

모퉁이를 돌자 웅성거리는 소리가 들려왔다. 이나미 선생님이 다목적실의 미닫이문을 드르륵 열었다. 아까는 분명 비어 있던 교실 안에 학생들과 선생님들이 돌아와 있었다.

아레이와 Q의 등장에 떠들썩하던 소리가 뚝 잦아들고 시선이 두 사람에게 집중됐다. 딱 한 사람, 8학년 히카루만 앞을 향한 채 거들떠보지도 않았다.

"지각생!"

7학년 꼬맹이 야스카와가 깝죽대며 소곤거렸다. 교단에 선 마모루 선생님이 아레이와 Q를 지그시 보고는 "빨리 앉아라." 하고 말했다.

두 사람은 히카루의 뒷줄에 나란히 앉았다. 교실에 적막이 감돌았다. 모두 숨죽인 채 마른침을 삼키며 마모루 선생님이 어떤 불호령을 내릴지 지켜봤다.

"죄송합니다. 동쪽 본관의 교실에 있더라고요."

두 사람을 대신해 이나미 선생님이 마모루 선생님에게 머리를 숙였다.

Q는 무사태평하게 자리에 늘어져 긴 다리를 앞으로 쭉 뻗었다. 의자를 차는 기척에 히카루가 다시금 뒤돌아 날카로운 눈초리로 Q를 쏘아보았다.

아레이는 최대한 태연한 얼굴로 아무 일 없었다는 듯 행동하려 했다. 등을 웅크리고 앉아 책상에 팔꿈치를 괴며 칠판으로 시선을 돌렸다. 그런데 믿지 못할 광경에 "악!" 하는 소리가 터져 나왔다.

뭐야 이게?!

칠판에는 큼직한 글씨가 또박또박 쓰여 있었다.

상반기 학생회 임원

아레이와 Q가 자리를 비운 사이, 초대 학생회 임원을 선출한 모양이었다. 그러고 보니 "하반기에는 전교생 선거를 치르겠지만, 상반기 학생회 임원은 이 자리에서 8, 9학년 중 투표로 뽑겠다." 하고 마모루 선생님이 쉬는 시간 전에 설명했던 게 떠올랐다.

문제는 옆에 적힌 이름이다. 아레이는 셋째 줄에서 제 이름을 발견하고 눈을 치켜떴다.

부회장? 무슨 소리야?!

"와! 나, 총무다!"

Q가 신난다는 듯 말했다.

아레이는 예기치 못하고 예정에 없던 일에 머릿속이 새하얘졌다.

"어떻게 된 거야? 어째서? 왜 맘대로 정하는데!"

"그러게 누가 자리를 비우래?"

앞자리에서 히카루가 뒤돌아 아레이의 말을 받아쳤다. 매서운 기세에 움츠러들었지만 아레이는 한 번 더 꿍얼거렸다.

"당사자 없이 결정하는 게 어딨어. 왜 내가 부회장이야. 누가 한댔냐고."

"오호, 그럼 내가 부회장 할까?"

뭐가 저리 의욕이 넘치는지 Q가 묘하게 밝은 목소리로 끼어들었다.

"안 돼."

히카루가 단칼에 말을 잘랐다. 마모루 선생님이 이어서 입을 열었다.

"투표로 결정된 사항이다. 너희는 투표할 때 자리에 없었으니 기권으로 간주했어. 이제 와 불평하지 마라."

선생님은 웃는 얼굴로 잔인한 말을 계속해 늘어놨다.

"생각해 봐라. 8, 9학년은 모두 다섯 명이야. 다들 하나씩은 역할을 맡을 수밖에 없어. 부회장이건 총무건 다섯 명이 힘을 합쳐 상반기 학생회를 이끌어 간다고 생각하렴. 알았지?"

Q는 고개를 끄떡했으나 아레이는 미동도 하지 않았다. 하지만 그 이상 불평하기를 관두고 의자 등받이에 기댄 채 입을 다물었다. 그리고 2교시 오리엔테이션이 끝날 때까지 한마디도 하지 않았다.

드디어 2교시가 끝났다. 다목적실을 나온 아레이와 Q를 이나미 선생님이 불러 세웠다.

"아레이, 큐샤. 오늘 종례 끝나고 남아라."

"왜요?"

해맑게 묻는 Q의 말이 이나미 선생님의 분노 버튼을 눌렀나 보다. 삽시간에 선생님의 관자놀이에 불거진 핏대를 보며 아레이는 가만히 한숨을 쉬었다.

귀찮아지게 생겼군.

"왜, 왜냐니? 너희들, 반성하는 기색이 없구나! 새 학기 시작부터 20분씩이나 오리엔테이션에 늦어 놓고서……"

너희라니. 하긴, 뭐 반성하지 않는 건 똑같지만……. Q랑 엮여서 혼나게 생겼네.

이나미 선생님은 어리둥절한 Q와 넌더리 내는 아레이 앞에서 눈을 홉떴다.

"30분씩이나 거기서 뭘 하고 있었는지 바른대로 설명해야 할 거다. 길을 잃었다는 궁색한 변명으론 어림없을 줄 알아."

각오하라는 듯 이나미 선생님은 두 사람을 날카롭게 쏘아보고는 교무실로 떠났다. 멀어지는 뒷모습을 바라보면서 Q가 아레이에게 속삭였다.

"왠지 선생님 저기압이지 않냐? 왜 화나셨지?"

최악이군……. 이런 애랑 쌍으로 설교를 들어야 하다니. 앞으로 졸업까지 쭉 같은 반이라니.

Q는 아레이의 답을 듣지도 않고 냉큼 3층으로 이어진 분홍

색 계단을 올라갔다.

오늘은 오른발부터 학교에 들어왔건만 행운의 법칙은 무너지고 없었다. 입학 이틀째부터 담임한테 찍히질 않나, 뜬금없이 전교 부회장으로 등 떠밀리질 않나……. 그리고 무엇보다 학교 복도에서 길을 잃다니 운이 나쁘다고 할 수밖에.

그나저나 왜 이런 일이 일어난 걸까? 이상한 교실은 어떻게 나타났고, 어쩌다 아레이와 Q는 그런 데서 헤매게 된 걸까? 이나미 선생님은 바른대로 설명하라고 했지만 설명은 이쪽이 받아야 할 판이었다.

3, 4교시 수업 때도 아레이는 그 수수께끼 같은 사건만 생각하고 있었다. 그러나 아무리 궁리해 보아도 그럴싸한 설명은 끝내 떠올리지 못했다. 설명은커녕 생각하면 할수록 실제 겪었던 일이 현실감 없게 느껴졌다. 마치 꿈을 꾸거나 환상이라도 본 듯한 기분이었다. 아무 일도 없었다는 듯 연이어 하품하고 다리만 떨어대는 Q를 보고 있자니 역시 꿈이었나 싶었다.

4교시가 끝나고 아레이와 Q, 히카루 세 사람은 교실 청소를 했다. 이번 주까지는 전 학년이 단축 수업이었다. 청소를 마치고 종례가 끝나면 하교다.

히카루는 여전히 아레이나 Q와 말다운 말을 섞으려 하지 않았다. "거기, 더 꼼꼼히 쓸어."라느니 "쓰레받기 좀 들어."라느니 "그 의자부터 내려."라며 퉁명스럽게 명령할 뿐이었다.

히카루 눈치를 살피며 Q가 아레이에게 소곤거렸다.

"왠지 얘도 저기압이지 않냐? 왜 하나같이 화가 났지? 우리가 뭘 잘못했나?"

우리라고 하지 마. 내내 다리를 떨며 히카루의 의자를 찬 건 너잖아. 중얼중얼 혼잣말한 것도 너고.

할 말은 많았지만 아레이는 아무 말도 하지 않았다.

청소를 마친 후 내일 일정을 알리는 짧은 종례가 끝나자 이나미 선생님은 아레이와 Q에게 기다리라고 일러둔 뒤 교실을 나갔다. 학생 지도 매뉴얼이라도 확인하러 간 건지, 먼저 처리해야 할 일이 있었던 건지, 아니면 호락호락하지 않은 학생과 한바탕하기에 앞서 한숨 돌릴 생각이었는지는 모른다. 히카루는 종례가 끝나자마자 이나미 선생님보다 먼저 부리나케 교실을 나가 버렸다.

복도에 울리는 이나미 선생님의 발소리가 완전히 사라졌을 때, Q가 쿵 하고 자리에서 일어나 말했다.

"집에 가자."

"어?"

놀란 아레이가 Q를 보았다. Q가 한 번 더 빠르게 말했다.

"가자고. 지금이 기회야."

아레이는 잠시 Q를 쳐다보다가 곧 마음을 정하고 일어섰다.

"가자."

남아 봤자 오늘 일을 선생님이 납득할 수 있게 설명할 자신도 없다. 추궁당하면 당할수록 사태가 심각해질 게 불 보듯 뻔했다.

아레이와 Q가 없어진 걸 알면 이나미 선생님은 화가 폭발하겠지만 그편이 차라리 나을지도 몰랐다. 선생님의 분노가 오늘 오리엔테이션 사이에 벌어진 일이 아닌 아예 새로운 문제로 향한다면 초점을 흐릴 수 있지 않을까?

스스로를 설득하고자 억지를 늘어놓으며 아레이는 반쯤 열린 미닫이문 틈새로 슬쩍 빠져나왔다. 그 순간 문득 복도에 왼발부터 내밀었다는 사실을 깨달았다.

문을 닫으려고 아무도 없는 교실을 얼핏 돌아봤다. 왠지 여기에 이제까지의 자신을 두고 가는 듯해 뒤숭숭했다. 선생님 말을 어기고 Q와 함께 도망치는, 왼발부터 내뻗는 자신은 정말 이전의 다시로 아레이가 맞나?

남서쪽 모퉁이의 파란색 계단을 막 내려가려는데 아래층 복도에서 다가오는 발소리가 들렸다.

"엑, 안 되겠다!"

Q가 헐레벌떡 계단을 뛰어 올라와 아레이를 불렀다.

"초록색 계단으로 내려가자."

고개를 끄덕이며 뒤따르는 아레이에게 Q가 씩 웃어 보였다.

"오늘은 온종일 도망치기만 하네. 외눈박이 그림자한테서 도망치고, 선생님한테서 도망치고……."

Q의 말로 한 가지 사실은 확인할 수 있었다. 오늘 일어난 일이 전부 현실이라는 것.

"가자."

아레이는 짤막하게 말한 뒤 서쪽 복도를 내달렸다. 이제 어느 쪽 발부터 내딛든 더 이상 신경 쓰이지 않았다.

편의점

아레이와 Q는 서쪽 복도를 단숨에 빠져나와 초록색 계단을 통해 1층으로 뛰어 내려갔다. 급식실 앞을 내달려 중앙 현관으로 가면서도 아레이는 캄캄한 복도를 자꾸만 살폈다. 그 외눈박이 그림자가 어딘가에 숨어 있을 것 같았다.

눈 깜짝할 사이 두 사람은 무사히 신발장에 도착했다. 외눈박이 그림자도 거미 떼도 나타나지 않았지만 이번에는 이나미 선생님이 당장이라도 쫓아올 것만 같아서 목덜미가 움찔움찔했다. 부랴부랴 신발을 갈아 신은 아레이와 Q는 뒤도 보지 않고 뛰었다.

쏜살같이 교문을 빠져나와 첫 길모퉁이를 돈 뒤에야 비로소 두 사람은 발을 멈추고 헉헉 숨을 돌렸다. 콘크리트 벽에 기대

옆구리를 부여잡고 있던 Q가 난데없이 웃음을 터트렸다.

"크헤헤! 도망쳤어, 우리! 갑자기 웬 탈주람?"

부드러운 봄바람이 두 사람 사이를 스치고 지나갔다. 어쩐지 이 모든 일이 한 편의 코미디 같아서 아레이도 풋 웃었다. 삼키려고 해도 비집고 나오는 웃음에 가쁜 숨을 몰아쉬며 어깨를 들썩였다.

"이나미 선생님, 화 많이 났겠지? 학기 시작부터 설교 땡땡이는 너무 심했나……"

아레이가 어이없다는 듯 Q를 흘겨봤다.

"알긴 잘 아네."

"너도 그래! 같이 도망치고 난리냐고."

시선을 주고받은 순간, 두 사람은 참지 못하고 다시 웃음을 터트렸다. 한번 터진 웃음은 멈추기 힘들었다. 허파 속 공기를 다 써 버릴 만큼 웃고 나서야 가까스로 진정됐다.

"편의점 들렀다 갈래?"

Q의 제안에 아레이는 고개를 끄덕였다.

근데 내가 왜 애랑 같이 있지?

마음속으로 고개를 갸우뚱하면서도 아레이는 Q와 착 붙어 걷기 시작했다. Q는 모노레일 역 방향이 아닌 신도시의 북쪽 산을 향해 걸었다.

"난 편의점에서 점심 먹거든. 내가 쏠게."

Q의 말에 아레이는 고개를 가로저었다.

"됐어. 나도 오늘 점심값 받았으니까."

Q는 더 이상 질문을 얹지 않고 그저 "아, 그래." 하고는 걸음을 이었다.

지금쯤 아레이의 엄마와 아키나는 예전 학교 학부모들과 점심을 즐기기 위해 전에 살던 동네로 가고 있을 거였다.

"오늘 아키나랑 모임에 다녀올 테니까 점심은 네가 알아서 해결하렴. 먹고 싶은 거 사 먹어."

아침에 엄마는 이렇게 말하며 지갑을 열었다.

"집에 오면 다섯 시쯤 될 거야. 점심 먹고 아키나는 피아노 선생님 댁에서 레슨이 있거든. 주에 한 번 피아노만큼은 무조건 같은 선생님께 계속 배우고 싶다고 하니까……. 이제 곧 발표회이기도 하고."

변명하듯 엄마는 아레이에게 지폐 한 장을 꺼내 주었다. 그래서 편의점에서 군것질할 예산은 충분했다.

Q가 향한 곳은 외곽 도로에 있는 버스 정류장 앞 편의점이었다. 아레이는 이런 곳에 편의점이 있는 줄 오늘 처음 알았다. 도로 건너편 구역에는 단독 주택과 저층 아파트를 짓기 위한 택지 조성이 시작된 참이었다. 곧 쇼핑몰이 들어설 마을 중심부보다 주거지와 가까운 이쪽이 오히려 편의점을 하기에 유

리하겠다고 판단했나 보다. 그러나 아직은 주변에 지어진 집도 드문드문한 데다 정류장 바로 뒤편으로는 산뿐이었다.

　공사 현장과 짙푸른 지대의 경계에 편의점이 어색하게 들어서 있었다. 널찍한 주차장에는 공사장에서 온 듯한 작업 차량이 여러 대 서 있었고 차 안에는 노동자들이 도시락이며 컵라면을 먹고 있었다.

　주차장이 붐비는 데 반해 편의점 안은 한산했다. 무얼 먹을까 하고 안을 둘러보는 아레이 옆에서 Q는 망설임 없이 상품 몇 개를 진열장에서 쏙쏙 꺼냈다.

　특대 컵라면과 참치마요 삼각김밥 하나, 바나나 우유 한 팩을 계산대로 가져간 Q는 점원 아주머니에게 "늘 먹던 거요."라고 했다.

　늘 먹던 거? 이 편의점 단골인가?

　아레이는 기막힌 표정으로 Q를 응시했다.

　Q의 한마디에 무뚝뚝한 아주머니는 말없이 계산대 옆 보온 진열장을 열고 닭다리 튀김을 하나 꺼냈다. 그리고 상품을 한데 모아 바코드를 찍은 뒤 가격을 알려 주었다. Q도 말없이 주머니에서 지폐를 꺼내 내밀었다.

　멍하니 있는 아레이를 돌아본 Q는 닭다리 튀김을 들이밀며 말했다.

　"이거 맛있어."

"아, 응……"

아레이는 심드렁히 대꾸하고는 닭튀김 덮밥 도시락과 보리차 한 병을 가져와 값을 치렀다.

"도시락 데우니?"

뻣뻣하게 묻는 아주머니에게 아레이는 잠자코 고개를 내저었다.

"공원에 가서 먹자."

컵라면에 뜨거운 물을 받은 Q가 자동문 입구로 가며 아레이에게 권했다. 공원이 어디에 있는지 아레이는 몰랐지만, 도시락과 페트병이 담긴 비닐봉지를 들고 말없이 Q를 따라갔다.

공원은 편의점 뒷산에 있었다. 인도 옆 울타리 중간에 뒷산으로 이어지는 산책로 입구가 보였다. 이사 온 후 지금껏 아레이는 이런 길에 발을 들인 적 없었다.

무성해지기 시작한 잡초와 잡목 사이로 계단이 죽 이어졌다. 굽이굽이 가팔랐다. Q를 의심 없이 따라온 게 후회될 무렵, 드디어 계단 끝에 도착했다. 마을이 한눈에 들어오는 산허리에 이르자 아담한 공원이 나왔다.

Q는 벤치에 재빠르게 자리를 잡고 편의점에서 사 온 점심 식사를 펼치기 시작했다. 아레이는 흐트러진 숨을 고르며 마을을 내려다보았다.

끝도 없이 광활한 파란 하늘 아래, 막 생겨난 마을이 아득하게 드러누워 있었다. 공사 중이라 파헤쳐진 땅, 듬성듬성한 집, 도로를 달리는 자동차. 마을 한가운데 세워진 학교로 시선을 옮기자 땀에 젖은 몸을 간지럽히며 바람이 스쳐 지나갔다.

"나 여기 자주 오거든. 전망도 좋고 상쾌해서 밥 먹기 좋아."

Q는 그렇게 말하며 컵라면을 한 입 후루룩 먹고는 "으아, 다 불었네." 하며 앓는 소리를 냈다.

당연히 그렇겠지. 편의점에서 물 부은 지 3분이 훌쩍 지났는데. 자주 오는 거면 그 정도는 알아라, 좀.

아레이가 속으로 중얼거리며 Q의 옆 벤치에 걸터앉았다.

Q는 불은 컵라면을 후룩거리면서 눈을 치뜨고 아레이에게 우물우물 말했다.

"너 말이야, 조금 특이하지?"

"뭐?"

아레이는 닭튀김을 입으로 가져가던 손을 공중에서 멈추고 험상궂은 눈으로 Q를 보았다.

Q는 그런 아레이가 흥미롭다는 듯 맞바라보며 느닷없이 말했다.

"82."

당황한 아레이를 보며 Q가 슬며시 입꼬리를 올렸다.

"여기까지 올라온 계단 개수야."

아레이도 이미 알고 있었다. 올라오는 동안 무심코 마음속으로 세고 있었으니까.

컵라면을 삼킨 뒤 Q가 또 말했다.

"941."

아레이는 신중하게 Q를 살폈다. 이번에는 그 숫자가 무얼 뜻하는지 알지 못했다.

"학교 앞에서 편의점까지 걸음 수야. 너도 셌겠지?"

꿀꺽 라면 국물을 마시고는 Q가 선뜻 물었다.

아레이는 침묵을 지키며 속으로 살며시 주억였다. 아레이가 헤아린 편의점까지의 걸음 수는 972였다. Q가 다시 입을 연다.

"아까 그 정사각형 교실이 있는 학교 복도에서 그랬잖아. 걸음 수가 많다고. 동쪽 복도가 여섯 걸음 더 많다고 했지? 그래서 생각한 거야. '아, 얘는 매번 걸음 수를 세는구나.' 하고."

"매번 아니거든."

꿍얼꿍얼 되받아쳤으나 거짓말이었다. 아레이는 버릇처럼 자기 걸음 수를 늘 센다. Q가 살짝 눈살을 찌푸렸다.

"그렇지 않고서 어떻게 그걸 알아채?"

"어?"

당황한 아레이에게 Q가 다시 물었다.

"왜 자기 걸음 수를 세는데? 이유가 있냐는 말이야."

아레이는 잠자코 있을 수밖에 없었다. 늘 동일한 걸음 수로 똑같은 코스를 걸으면 기분이 좋으니까? 첫걸음을 오른발부터 내딛고 싶으니까? 하지만 새삼 그 이유를 물으니 난감했다. 왜 자신이 걸음 수 따위에 집착하는지 아레이는 알 수 없었다.

마땅히 할 말을 찾지 못하는 아레이 앞에서 Q가 말했다.

"나도 숫자 세기에 꽂힌 적 있어. 한 세 살 때쯤……"

숫자 세기에 꽂힌 세 살짜리가 있다는 데에 아레이는 조금 놀랐으나 Q라면 그럴 법했다.

"어떻게 수를 익히고 외웠는지는 몰라. 어느 순간부터 이것 저것 셌어. 제일 처음은 신발. 집에 있는 신발을 죄다 끄집어내서 현관에 늘어놓고 헤아렸어. 그것도 매일."

미운 세 살이었네.

"그다음은 우산. 그리고 책장에 꽂힌 책, 또 빨래집게 같은 것도. 하나하나 세야 직성이 풀린달까? 수를 세면 기분이 아주 좋아. 뭐랄까, 마음이 놓이고 행복해져."

마음이 놓이고 행복하다고?

Q가 이야기를 계속했다.

"왜, 수는 엄청 가지런하잖아. 먼저 1이 있고 하나씩 차근차근 늘어. 이 단순한 규칙은 절대 변하지 않아. 도중에 하나 건너뛰거나 둘씩 거스르는 법이 없지. 영원히 착실하게 줄지어 있어. 이 사실을 생각하면 아주 안심이 돼. 세상이 엉터리에 엉망진창 같아 보여도 절대 변하지 않는 규칙이 있다고……. 한결같은 시스템으로 돌아간다고 생각하면 마음이 편해. 그래서 어릴 땐 밤낮없이 수만 셌어."

아레이도 Q의 마음을 알 것 같았다. 매일 변함없는 규칙, 흐트러짐 없는 질서 안에서 생활하는 일이 무엇보다 좋았기 때문이다.

생각해 보면 아레이는 한없이 뒤죽박죽인 이 세상에서 자신을 지키고자 무심코 소소한 안식처를 꾸리려 했는지도 모른다. 걸음을 세는 습관, 오른발부터 첫걸음을 내딛는 일, 매번 같은 그릇에 정확한 양의 우유를 부어 시리얼을 먹는 의식 같은 것으로…….

생각에 잠긴 아레이 옆에서 Q가 또 말을 꺼냈다.

"수는 인류의 대발견이야."

Q는 아레이를 보며 한 번 더 되풀이했다.

"대발견, 이게 중요해. 과학 법칙이나 공식은 전부 발견이지 발명이 아니라는 거 알아? 그래서 아무리 대단한 공식을 찾아도 특허권은 없어. 피타고라스의 정리도 피보나치수열도 페르마의 마지막 정리와 오일러의 공식도……. 사람이 만들어 낸 게 아니라 처음부터 이 세상에 있던 규칙을 그저 찾아냈을 뿐이니까. 수도 그래. 0과 자연수, 음수와 루트, 파이와 허수도 모두 처음부터 이 세상에 있었지만 그저 오랫동안 그 존재를 몰랐을 뿐이야. 수를 발견한 덕에 인간은 아주 조금 이 세상의 구조를 알 수 있게 됐어."

"세상의 구조?"

아레이가 조그맣게 되물었다. Q는 기쁜 기색으로 고개를 끄덕였다.

"봐, 수를 발견하기 전까지 우린 하루의 시간도 헤아리지 못했어. 일주일, 한 달, 일 년도 마찬가지이고. 지구의 자전축 기울기와 공전 궤도 거리도 수를 발견하고 나서야 알게 됐잖아? 그전까진 별은 변덕스럽게 하늘을 돌고 달은 제멋대로 차오르다 기울고, 때때로 신이 화나면 낮에 태양이 사라진다고 믿었어. 하지만 아니었지."

Q의 눈이 반짝였다.

"정해진 질서와 법칙에 따라 이 모든 일이 이루어진다는 사실을 알게 된 거야. 신은…… 뭐, 신이 있다면 말이지만…… 그 신은 세계를 대충 만든 것도, 엉터리로 세상에 간섭하는 것도 아니었어. 아주 치밀한 계획으로 이 세계를 만들었지. 인간은 수를 손에 넣은 덕분에 신의 설계도 일부를 이해할 수 있게 됐어. 예를 들어 지구의 자전축이 23.5도 기울어져 있어 계절이 생긴다는 사실이나, 23시간 56분 4초 주기로 지구가 자전해 낮과 밤이 만들어진다는 구조를."

진지한 얼굴로 Q가 계속했다.

"다시 한번 말하지만, 중요한 건 사람이 깨닫기 훨씬 전부터 이 모든 질서와 법칙이 분명히 존재했고 이 세상을 움직이고 있었다는 점이야. 두 물체 사이에 작용하는 만유인력은 뉴턴이 발견하기 훨씬 전부터 두 물체의 질량의 곱에 비례하고, 거리의 제곱에 반비례했던 것처럼. 굉장하지?"

"응……. 그럴지도."

만유인력의 법칙 부근부터 이야기를 따라가지 못한 아레이는 어영부영 끄덕였다. 하지만 흥분한 Q의 마음만큼은 대충 이해할 수 있었다.

마침내 Q는 퉁퉁 불은 라면을 다 건져 먹고 국물을 들이켰다. 싹 비운 컵에서 고개를 든 Q는 행복한 표정으로 훅 숨을 내뱉고 말했다.

"내가 왜 수학을 좋아하냐면, 세상의 구조에 흥미가 있어서야. 그거 아냐? 앵무조개의 나선무늬를 500만 배 확대하면 허리케인의 나선 구름과 비슷하고, 그걸 또 60조 배 키우면 나선 은하 모양과 겹친대. 겉으로 보기엔 관련 없는 것 같지만 이어져 있어. 앵무조개도 허리케인도 나선 은하도 황금비를 유사하게 따라가거든. 신기하지? 1.618 대 1이라는 황금비. 이 숫자가 전혀 상관없어 보이는 걸 이어 줘. 수가 없다면 우린 혼돈 속에서 아무것도 발견하지 못했을 거야. 분명 수는 신의 설계도를 해독하기 위한 언어가 아닐까 해."

이제 닭다리 튀김과 삼각김밥을 먹을 태세에 돌입한 Q가 힐끔 아레이를 보았다.

"너, 역시 특이하네."

아레이는 발끈하여 말없이 Q를 노려보았다. Q가 삼각김밥을 미어터지게 입에 넣으며 싱글벙글 말했다.

"나쁜 뜻은 아니고. 잘도 내 말을 듣는다 싶어서."

"어?"

아레이가 고개를 갸우뚱했다.

"내가 수학 얘기만 꺼내면 다들 하품하거나 말을 돌리거나 자리를 뜨거든. 끝까지 제대로 들은 사람은 네가 처음이라서……. 그래서 특이하다고 한 거야."

"특이해서 미안하게 됐네."

아레이는 중얼거리며 도시락을 한입 가득 쑤셔 넣었다. 그리고 줄곧 묻고 싶었던 질문이 떠올라 Q에게 던져 보았다.

"너…… 아까 그 정사각형 교실에서 마방진이 어쩌고 하지 않았어?"

"응, 그랬지."

Q가 끄덕이며 말했다.

"그 마방진, 하나만 틀린 숫자였어."

"그 마방진?"

또 따라가지 못한 아레이가 서둘러 Q에게 물었다.

Q는 닭다리 튀김을 뜯으며 아레이를 보고 말했다.

"마방진은 알지?"

"어. 숫자를 정사각형 모양으로 배열해서 각 줄의 숫자 합이 모두 같아지는 거지?"

"맞아, 그거야. 1부터 서로 다른 숫자를 배열해. 가로 4칸 세로 4칸의 4×4 형태라면 1부터 16. 5×5일 때는 1부터 25까지 넣어서 가로, 세로, 대각선 숫자의 합이 모두 같게끔 만들지."

Q는 뒷말을 이어 갔다.

"그 정사각형 교실 바닥은 마방진이었어. 가로 6장, 세로 6장, 총 36장의 정사각형 널빤지를 깔았지. 6×6 형태로 1부터 36까지의 숫자가 나열되어 있었어."

"숫자라니, 어디에?"

아레이는 그 이상한 교실의 바닥 어디에서도 숫자는 보지 못했다.

"널빤지 한 장 한 장 모양이 달랐잖아? 대각선 한 줄로 나뉘어 삼각형 조각 두 개로 이루어진 널빤지도 있고, 두 대각선으로 나뉘어 삼각형 네 개로 되어 있는 널빤지도 있고……. 널빤지 모양이 왜 다 다른지 궁금해서 삼각형 개수를 세 봤어. 두세 줄쯤 셌을 때 느낌이 왔지. 그 널빤지의 삼각형 개수는 숫자를 나타낸 거라고. 삼각형이 두 개인 널빤지는 2. 삼각형이 네 개는 4. 나뉘지 않은 널빤지는 1. 삼각형이 열두 조각이면 12……. 숫자를 살피다가 깨달았어. 그 바닥은 마방진이라는 걸. 거의 완벽하게."

Q의 이야기를 들으며 도시락을 먹던 아레이가 끼어들었다.

"거의 완벽하게?"

Q는 바나나 우유를 꿀꺽 마신 뒤 이야기를 계속했다.

"마방진에서 각 줄에 있는 수의 합을 마법합이라고 하는데, 6×6 마방진의 마법합은 111이야. 그 정사각형 바닥 마방진은 가로줄도 세로줄도 대각선도 여섯 숫자의 합이 111이 되도록 대부분 잘 배열되어 있었어. 그런데 딱 한 장, 틀린 널빤지가 섞여 있던 탓에 그 주변만 마법합이 깨져 있었지. 원래는 11이 있어야 할 곳에 3이 들어가 있었거든."

"3과 11의 위치가 뒤바뀌었단 소리야?"

아레이가 묻자 Q는 고개를 가로저었다.

"아니. 3인 널빤지는 제 위치에 똑바로 있었어. 그런데 11이 들어가야 할 자리에 어째서인지 또 3인 널빤지가 깔려 있어서 마법합이 무너진 거야. 1부터 36 중에 11만 없고 3이 두 장. 그래서 마방진이 완성되지 않았다는 뜻이야."

"왜 거기만 틀렸지?"

아레이는 마지막 닭튀김을 입에 쑤셔 넣으며 생각에 잠겼다.

"모르지."

Q는 바나나 우유를 또 한 모금 마시며 퍼뜩 생각났다는 듯 아레이를 보았다.

"근데 그 잘못된 널빤지 말이야, 너랑 나랑 같이 밟았던 널빤지다."

"둘이 같이 밟았다고?"

아레이는 저도 모르게 닭튀김을 꿀떡 삼키며 물었다.

"그래. 발이 꼬여서 넘어질 뻔했을 때 같은 널빤지 위에서 버텼었잖아. 그게 틀린 숫자, 3인 널빤지였다고."

아레이 마음속에 떨떠름한 의문이 소용돌이치기 시작했다.

그 정사각형 교실은 유일하게 실제 미래통합학교 1층에 없는 교실이었다. 그리고 그 교실 바닥에 그려진 마방진 중 오직 하나의 널빤지만이 그곳에 있어서는 안 될 요소였다.

틀린 교실 속 틀린 숫자. 그 숫자를 나타내는 널빤지를 밟은 순간, 아레이와 Q는 원래 학교로 돌아왔다. 거기에 어떤 의미가 있는 걸까?

다 비운 도시락을 쳐다보며 생각에 잠긴 아레이 옆에서 Q가 크게 기지개를 켰다.

"그럼 슬슬 집에 갈까? 밥도 다 먹었고."

"어…… 응……."

아레이가 대충 답했다. Q는 어질러진 쓰레기를 편의점 비닐봉지에 정리하기 시작했다.

"엑, 컵라면 뚜껑이 저기까지 날아갔네."

뚜껑을 주으러 일어난 Q가 별안간 "오옷!" 비명을 질렀다.

"뭐야, 이상한 소리 좀 내지 말라니까!"

까칠한 아레이의 외침에도 Q는 미동이 없었다. 아레이 뒤쪽을 바라보며 떠듬떠듬 말했다.

"쟤는 어디에서 온 거야?"

"뭐가?"

아레이는 뒤돌아 Q가 쳐다보는 곳을 향했다. 아무도 없던 공원 한복판에 묘한 게 나타났다.

고양이다. 카오스 고양이.

아레이와 Q가 있는 벤치에서 몇 발짝 떨어지지 않은 곳이었다. 아담한 공원 한가운데 앉아서 고양이는 총총한 눈망울로 가만히 이쪽을 보고 있었다. 문득 아레이는 고양이와 마주 보던 꿈속 광경이 데자뷰처럼 떠올랐다.

"따라오너라."

불현듯 낮은 목소리가 울렸다. 아레이와 Q는 그 목소리가 어디에서 들려오는지 알지 못해 두리번거렸다.

"여기다, 따라오너라."

고양이가 몸을 일으키더니 두 사람에게 홱 등을 돌려 공원 귀퉁이로 천천히 걷기 시작했다. 긴 꼬리를 물음표 모양으로 세우고 슬렁슬렁 움직였다.

막다른 곳 앞에서 고양이는 잠시 멈춰 두 사람을 돌아보았다. 또 그 목소리가 들렸다.

"따라오너라. 전할 말이 있노라."

"고양이……. 고양이가 말을 한다! 저 고양이, 사람 말을 한다고!"

Q가 아레이의 팔을 잡아 흔들었다.

"어……? 어."

가까스로 끄덕여 보이며 아레이는 또 꿈에 나온 고양이를 떠올렸다.

Q가 쥐어짜듯이 말했다.

"쟤…… 어쩌면 내 꿈에 나왔던 고양이일지도 몰라."

"뭐?"

아레이는 Q와 고양이를 왔다 갔다 번갈아 보며 얼떨결에 되물었다.

"꿈? 말하는 고양이 꿈을 너도 꾼 거야?"

이번에는 Q가 눈을 동그랗게 뜨고 아레이를 봤다.

"헉, 뭐야! 너도? 너도 말하는 고양이 꿈을 꿨다고? 그럼 이것도 꿈인가?"

아레이도 Q의 말마따나 모든 게 꿈이면 좋겠다고 생각했다. 오늘 학교에서 일어난 일도, 지금 눈앞에서 벌어지는 일도 다 꿈이라 생각하면 차라리 편할 거다. 긴긴 꿈을 꾸고 있다고 생각하면……. 그러나 공원을 벗어난 고양이는 무정하게 말했다.

"꿈이 아니다."

아레이와 Q는 그저 얼굴을 마주 볼 뿐이었다. 고양이는 그런 둘을 지그시 바라봤다. 그리고 또다시 목소리가 울렸다.

"따라오너라. 이쪽이다."

아레이는 슬쩍 밑으로 가는 계단을 쳐다봤다. 이대로 이 비탈진 계단을 뛰어 내려가면 고양이에게서 벗어날 수 있을까?

"어쩔래? 도망갈까?"

Q도 아레이의 시선을 알아챘는지 소곤소곤 말했다.

그러자 고양이가 우짖었다. "야옹!"도 "냥!"도 아닌 단전에서 끌어 올린 듯한 소리를 내며 쏘아봤다.

"와, 고양이 화났다! 도망치려고 한 거 들켰나?"

"따라오너라. 꼭 전해야 할 말이 있느니라."

공기 중에 내뱉는 소리와 달리 머릿속에 울리는 목소리였다. 꿈에서처럼 멀리서부터 점점 가까워지는 게 아니라 곧장 머릿속으로 울려 퍼졌다. 그 목소리가 타이르듯 말했다.

"오늘 너희에게 무슨 일이 생긴 건지 알려 주마. 너희가 헤맨 곳이 어디인지, 왜 그곳에 빨려 들어갔는지. 그리고 어떻게 빠져나올 수 있었는지. 다 말해 주겠다. 그러니 따라오너라."

물끄러미 고양이를 바라보던 Q가 말했다.

"가 보자."

아레이는 고양이를 의심스러운 눈으로 바라보며 속삭였다.

"또 위험에 처하게 될지도 몰라."

"그래도 답을 알고 싶잖아?"

Q의 말에 아레이는 잠시 침묵했으나 이윽고 고개를 끄덕여 보였다.

고양이는 벌써 걸음을 옮기고 있었다. 고양이가 지나간 수풀 한구석에 샛길 어귀 같은 게 보였다. 공원 귀퉁이에서 산꼭대기까지 좁다란 길이 이어지는 듯했다.

"어? 저런 길이 있었나……?"

고양이는 그 길로 올라갔다. 아레이와 Q도 공원을 가로질러 걷기 시작했다.

고양이

오래된 길이네.

공원 밖으로 발을 내딛자마자 아레이는 알아차렸다. 나무와 풀로 뒤덮여 거의 사라지기 직전이었지만 오랜 시간 밟아 다져진 흔적이 어렴풋이 남아 있었다. 편의점 뒤에서 공원까지 이어지는 산책로처럼 최근에 새로 닦은 길은 아니다. 이곳에 신도시가 들어서기 훨씬 전부터 산꼭대기를 오간 사람들이 있었던 모양이다.

하지만 왜? 이런 산 위에 무엇이 있기에?

아레이는 걸어온 길을 잠시 돌아다보았다. 좁고 초라한 길은 이제 잡초와 우거진 나무에 삼켜져 보이지 않았다.

이 모든 건 역시 꿈이 아닐까?

카오스 고양이는 아레이와 Q보다 훨씬 앞장서서 나아가는 듯했다. 모습은 보이지 않았지만 수풀을 사락사락 헤집는 소리가 났다.

걸음을 옮길 때마다 나뭇가지가 팔과 뺨을 쿡쿡 찔렀다. 아레이 앞에 가는 Q가 "으악!" 하고 소리 지르며 얼굴 주위를 손으로 걷어 냈다. 거미줄에 걸린 모양이다.

만약 꿈이라면 참 실감 나는 꿈이었다.

어디선가 지저귀는 새소리가 들렸다. 가파른 비탈을 한 발씩 오를 때마다 허벅지가 땅겼다. 삐질삐질 땀도 났다. 바람이 나무와 흙냄새를 싣고 아레이와 Q 사이를 불어 나갔다.

한참 가던 Q가 갑자기 우뚝 서는 바람에 아레이는 Q의 등에 처박힐 뻔하며 발을 멈추었다.

"갑자기……"

'서지 마!' 하고 말할 생각이었는데, 눈을 들어 보니 어느새 탁 트인 산 정상이었다. 뒤엉킨 덤불과 무성한 숲이 아레이 뒤에서 끊기고, 눈앞에는 앙상한 소나무가 가냘프게 자란 붉은 땅이 펼쳐져 있었다. 흙이 드러난 정상에 거대한 바위가 툭 불거져 나와 있었는데, 고양이는 어느새 그 바위 위로 풀쩍 올라가 두 사람을 물끄러미 내려다봤다.

"저 고양이……"

Q가 무슨 말을 꺼내려던 그 순간, 낮고 우물거리는 목소리

가 아레이의 머릿속에 울려 퍼졌다.

"조심하거라. 황천귀가 깨어났노라."

아레이와 Q는 말없이 얼굴을 마주 봤다.

고양이가 있는 바위와 두 사람 사이는 열 걸음 정도 간격이었다. 그 거리를 뛰어넘어 목소리가 곧장 들려왔다.

"황천귀를 찾아야 한다. 찾아서 땅속 어둠의 세계로 돌려보내지 않으면 이 땅은 커다란 재앙을 맞이하느니라."

"우오오! 진짜 말을 한다! 고양이가 사람 말을 왜 저렇게 잘하지? 끝내주는데!"

아레이는 "쉿." 하며 흥분한 Q의 입을 막았다.

"듣거라. 어린 땅이 둥둥 뜬 기름처럼 떠돌 때, 갈대가 움터 솟아오르듯 신들이 태어났도다. 억겁의 세월 동안 신들은 서로 싸우며 힘을 겨뤘고, 패배한 자는 지상에서 쫓겨나 땅속 어둠의 세계…… 즉, 황천국에 잠들었도다. 이들을 황천귀라 하느니라."

"무슨 말을 하는 거야. 당최 모르겠네."

Q가 구시렁댔으나 고양이의 말은 막힘없이 머릿속으로 흘러들었다.

"지상에 남은 신들을 천신이라 한다. 천신은 생명체에 거처를 정하여 그 속에 자리를 잡았노라."

잠시 말을 멈춘 고양이는 앞발을 두어 번 툴툴 털었다.

그때 산의 적막을 깨고 느닷없이 벨 소리가 울렸다. 아레이는 흠칫 놀라 숨을 삼켰고, Q는 "으앗! 으앗! 으앗!" 하며 허둥지둥 주머니를 뒤적거렸다.

"네! 여보세요?"

간신히 주머니에서 핸드폰을 끄집어내 귀에 가져다 댄 Q를 보며 아레이는 속으로 생각했다.

여기서도 신호가 잡히는구나……. 얘는 이런 상황에서 잘도 전화를 받네.

"아, 누나? 지금 어디냐고? 그게 말이지, 편의점 뒷산 꼭대기. 어? 왜 그런 곳에서 뭐 하냐고?"

Q에게 온 전화는 아레이에게 지금 이곳이 꿈속이 아닌 현실 한복판이라는 사실을 알려 주고 있었다.

"다 현실…… 인가……?"

확인하듯 중얼대는 아레이를 보고 고양이는 또 한바탕 앞발을 털며 꼬리를 휘휘 흔들고는 빛나는 눈을 동그랗게 떴다.

"조금 전에 말했을 터. 이건 꿈이 아니다. 현실이다."

"그러니까 지금 일이 좀 골치 아파졌다니까. 어? 누구랑 같이 있냐고?"

핸드폰에 대고 변명하느라 바쁜 Q가 힐끗 아레이와 고양이를 보았다.

이게 현실이라면 왜 이런 일이 일어나는 거지? 어떻게 아무

것도 없는 민둥산 정상에서 고양이가 말을 하고 있지?

콕 집어 물은 것은 아니었는데 아레이의 머릿속 생각을 읽기라도 했는지 고양이가 반응했다.

"지금 고양이라고 깔보냐?"

어쩐지 불만 섞인 표정에 확 달라진 말투였다. 목소리도 방금처럼 웅얼거리는 저음이 아니라 까랑까랑 새된 고음이었다. Q에게도 고양이의 목소리가 들린 모양이다.

"뭐, 뭐야?"

Q는 여전히 핸드폰을 귀에 붙인 채 깜짝 놀라 고양이를 쳐다봤다.

고양이는 두 사람을 향해 카랑카랑 말을 뱉었다.

"아무것도 없는 민둥산이라고? 눈은 뭐 하러 달고 다니냐? 장식이냐?"

당황한 Q가 핸드폰에 대고 중언부언했다.

"아냐, 누나한테 한 말이 아니라니까. 고양이 때문에 놀라서……. 지금 정신없으니까 일단 끊을게. 나중에 집 가서 제대로 설명할게. 집에 갈 수 있다면 말이지만……. 암튼 끊는다!"

Q가 전화를 끊자 고양이가 말을 이었다.

"잘 봐. 내가 지금 어디에 올라타 있냐? 뭐가 아무것도 없는 민둥산이라는 거냐고. 여긴 천문이다. 이 바위는 황천국에서 이 세상으로 통하는 길을 막는 봉인이고!"

Q가 흥분한 기색으로 고양이를 보며 아레이에게 말했다.

"야! 들려? 고양이 목소리가 바뀌었어!"

고양이는 또 머릿속으로 말을 걸어왔다.

"여기, 이 신성한 천문을 마구 헤집어 놓으니까 사달이 난 거 아니냐고!"

"난 그런 적 없는데?"

Q가 맞받아치자 고양이는 짜증이 난 듯 꼬리를 부풀렸다.

"언제 네가 그랬다고 했냐? 신도시 공사 때문에 여길 파헤친 거야."

고양이가 줄줄 설명했다.

"원래 이 산 정상에 전망대를 세울 예정이었대. 결국 예산 문젠지 뭔지로 중턱에 허접한 공원만 만들고 없던 일이 됐지만, 이미 천문을 파낼 대로 파 놓은 뒤였지. 그래서 황천국으로 통하는 길이 열렸다고! 하여간 쓸데없는 짓만 한다니까. 요즘 호모 사피엔스는 글렀다. 옛날 사람들은 이 바위를 함부로 건드리면 안 된다는 걸 잘 알았는데 말야. 신의 바위로 소중히 모셨었다고. 방금 올라온 길은 옛날에 신께 제사드리러 가는 길이었고."

아레이는 미심쩍은 마음이 들었다.

그렇게 신성한 바위가 이름도 없는 산 정상에 있다고?

고양이가 꼬리를 착착 휘두르며 못마땅한 표정으로 아레이를 봤다.

"황천국의 출입구가 하나뿐인 줄 아냐? 봉인이 한 군데만 있다고 생각하는 거 아니지?"

아레이는 흠칫 놀라 고양이의 쫑긋거리는 귀를 쳐다봤다. 어째 이 카오스 고양이는 아레이의 마음속을 훤히 들여다보는 것 같았다.

"그럴 리 있냐? 지하철만 해도 밖으로 나가는 출구가 엄청 많은데! 정신 차려라, 호모 사피엔스. 그 머리 뒀다 뭐 할래!"

"고양이 거 되게 열받게 말하네……"

Q가 자그마한 목소리로 중얼거렸다. 그러자 고양이는 눈을 가늘게 뜨며 업신여기는 듯한 표정으로 앞발을 할짝댔다.

또 머릿속에서 고양이의 목소리가 울려 왔다.

"황천국과 이 세상을 잇는 통로는 널렸어. 거기를 막아서 황천귀를 봉인한 게 천문이야. 그런데 여기 있는 봉인의 바위를 파내는 바람에 황천귀가 땅속 어둠의 세계에서 풀려나 버린 거라고."

아레이는 고양이의 말을 들으며 눈앞의 거대한 바위를 바라보았다.

이게 황천국과 이 세상을 가로막는 천문?

울퉁불퉁한 잿빛 바위는 침묵 속에서 아레이를 가만히 맞바라보는 듯했다.

고양이의 말이 이어졌다.

"황천귀는 일단 이 세상과 황천국 사이에 은신처를 만들어. 햇빛을 가리는 황천 고치를 짓고 그 안에 진짜 세계와 똑같은 환상의 세계를 만들어서 점점 자신들의 수를 불리지. 이 고치 속 환상의 세계를 그림자계라고 해."

"그림자계……?"

아레이는 그 말을 곱씹듯 작게 중얼거렸다.

고양이가 바위 위에서 아레이와 Q를 향해 몸을 기울였다.

"오늘 너희가 헤맨 곳 말이야. 거기가 황천귀가 만든 그림자계라고."

"어?"

아레이와 Q는 동시에 목청을 높였다.

그게? 미래통합학교와 꼭 닮은, 안개에 둘러싸인 곳이?

별안간 고양이는 바위 위에서 폴짝이며 아레이의 마음속 질문에 답했다.

"그래, 거기 말이야."

고양이는 옆으로 팩 드러눕더니 눈을 내리깔고 살짝 빈정거렸다.

"뭐, 나라면 그런 데서 헤매지는 않겠지만. 너희들처럼 둔해 빠지지 않았거든."

"역시 엄청 짜증 나……."

Q의 말을 무시하고 고양이가 계속했다.

"황천귀는 일부러 이 세계와 똑같이 생긴 그림자계를 만들어. 진짜처럼 보여도 진짜가 아니지. 너희가 오늘 헤맨 그림자계는 학교랑 똑 닮았지? 꼭 진짜 같지 않았어? 근데 그건 황천귀가 만든 환상이야. 황천귀는 그 환상 속에 숨어서 머릿수를 늘리는 거라고."

아레이는 참지 못하고 소리 내어 고양이에게 물었다.

"안개에서 나온 외눈박이 그림자가 황천귀야?"

"아니."

고양이의 말이 머릿속에 되돌아왔다.

이번에는 Q가 물었다.

"그럼, 그 검은 거미 같은 벌레?"

"아니라니까."

고양이는 답답하다는 듯 꼬리를 탁 내리쳤다.

"외눈박이 그림자는 그 뭐야, 황천 병사겠지. 황천귀가 만든 파수꾼 같은 존재야. 검은 벌레는 아마 땅거미일 거야. 그것들은 신이라고 할 게 못 돼. 자리싸움에서 져서 황천국에 들어가지도 못하고 이 세상을 떠도는 처량한 존재들이지. 사람들의 공포를 근근이 먹고 사는데, 햇빛이 드는 이 세상에선 제대로 모양을 갖추기도 힘들어. 황천 고치로 햇빛을 차단한 그림자계니까 그나마 땅거미가 보이는 거야."

황천 고치…….

아레이가 마음속으로 되뇌자 고양이는 설명을 보탰다.

"황천 고치란 건 그림자계를 감싸는 하얀 안개 같은 막이야. 황천귀가 독을 뿜어서 만들었다 그러더라고."

독으로 만든 안개 같은 막. 그래서 Q가 그 속에 발을 넣자마자 괴로워했나?

Q가 입을 샐쭉거리며 고양이에게 말했다.

"그럼, 그 황천귀란 건 어디에 있는데? 우린 못 봤거든."

고양이가 거들먹거리며 말했다.

"황천귀는 그렇게 쉽게 모습을 보여 주지 않아. 그림자계 어딘가에 숨어서 증식하지. 몰래……."

역시 현실의 학교가 아니었어. 하지만 왜? 어째서 우리가 그런 곳에서 헤맸을까?

아레이는 그 점을 이해할 수 없었다. 고양이는 이번엔 아레이의 마음속 물음에 답하지 않고 그저 말을 이었다.

"황천귀가 수를 불릴수록 황천 고치에 둘러싸인 그림자계는 넓어져. 마침내 이 세상과 황천국 사이에 다 담을 수 없을 만큼 그림자계가 커지면 황천 고치가 찢어지고, 그 안에서 무수한 황천귀들이 한꺼번에 이 세상으로 빠져나올 거야. 그러면 더는 손쓸 수가 없다고. 알았냐? 그렇게 되기 전에 그림자계 안에 숨은 황천귀를 땅속 어둠의 세계로 돌려보내야 해. 한 번 더

확실히 봉인해야 한다고. 그게 너희가 할 일이야."

"우리가 할 일?"

한참 잠자코 있던 Q가 얼빠진 표정으로 중얼거렸다. 아레이와 Q는 어리벙벙한 얼굴로 서로 마주 보았다.

대뜸 Q가 고양이에게 쏘아붙였다.

"그런 부탁은 경찰이나 FBI에 해야지. 안 그래?"

"일본에 FBI가 어딨냐……"

아레이도 Q와 같은 마음이기는 했지만, 일단 오류를 바로잡았다.

갑자기 고양이가 폴짝 일어나 바위 위에서 몸을 떨기 시작했다. 발을 계속 구르며 흥분한 듯 몸을 위아래로 흔들었다.

"조심하거라! 조심하거라!
너희는 천신의 깃든이.
깨어난 신이 깃들어 있는 자.
조심하거라!
황천귀와의 싸움은 이미 시작되었도다!"

"고양이가 춤춘다! 갑자기 웬 댄스파티?"

Q가 아레이의 팔을 잡아 흔들었다. 아레이는 할 말을 잊고 바위 위에서 몸을 부들거리는 고양이를 쳐다보았다.

"조심하거라! 조심하거라! 조심하거라!"

고양이의 목소리는 어느 틈에 다시 흐릿하고 나지막한 울림으로 바뀌어 있었다. 메아리처럼 자꾸 따라오는 듯한 기분 나쁜 음성에 머리가 욱신욱신했다.

고양이가 뱉은 '깃든이'라는 단어가 아레이의 기억을 되살렸다. 외눈박이 그림자가 외쳤던 말이다. 섬뜩한 목소리로 분명 부르짖었다. 깃든이라고.

"조심하거라! 조심하거라! 조심하거라!"

정체 모를 불안이 밀려왔다. 결국 참지 못한 아레이가 소리 질렀다.

"너 누구야! 도대체 뭐냐고!"

목소리가 뚝 그쳤다. 전원이 꺼진 듯 고양이는 움직임을 멈추고 바위 위에 슬며시 웅크리고 앉았다.

"나도 깃든이다."

동공을 키우며 고양이는 다시 새된 소리로 바꾸어 말했다.

"깃든이가 뭔데?"

"깃든이란 눈뜬 자. 천신의 지휘에 따라 움직이는 이 세상의 수호자."

Q의 물음에 답한 고양이는 뒷말을 이었다.

"천신은 모든 생명체에 있어. 하지만 몸속에 잠든 채로 인간사에 간섭하지 않아. 원래는. 하지만 간혹 어떤 이유로 생명체 안에서 천신이 눈을 뜰 때가 있어. 그러면 천신은 자신이 깃들어 있는 생명체에게 신통한 힘을 내려 주지."

"신통한 힘?"

아레이의 말에 고양이는 황금빛 눈으로 두 사람을 번갈아 본 뒤 입을 열었다.

"인간의 능력을 초월한 불가사의하고 자유자재한 힘을 말하는 거야. 그런 힘은 여러 가지가 있지. 예를 들면……"

고양이는 또 뜸을 들였다.

"어떤 이는 천신에게 특출난 기억력을 받지."

아레이의 심장이 방망이질 쳤다. 고양이가 물끄러미 아레이를 보고 있었다.

"또 어떤 이는 수를 깨우치는 능력을 받고."

고양이가 Q에게 고갯짓을 했지만 Q는 멍하니 고양이를 볼 뿐이었다.

"왜, 무슨 계기로 천신이 생명체 안에서 눈을 뜨는지, 그 특별한 생명체는 어떻게 선택받는지, 그리고 어째서 그 힘을 부여받는지, 그건 몰라. 하지만 눈뜬 천신이 깃들어 있는 생명체는 지금까지 시대나 국경을 넘어 여기저기에 있었어. 그 특별한 생명체를 일컫는 다양한 이름을 너희도 알지?"

고양이는 바위 위에서 또 두 사람 쪽으로 살짝 몸을 내밀고 말을 이었다.

"천재 혹은 수재. 신동 혹은 신에게 사랑받는 자……"

그게 깃든이라고?

아레이는 속으로 망연히 중얼거렸다.

우리가 아는 천재들이 그 특별한 생명체라면…….

머릿속으로 동서고금의 수많은 천재의 이름이 스쳤다.

다빈치와 미켈란젤로, 갈릴레이와 뉴턴, 그리고 모차르트와 베토벤도…….

넘쳐 나는 데이터의 홍수에 숨을 삼키는 아레이를 향해 고양이가 꼬리를 치켜세웠다.

"맞아. 모두 다 깃든이야. 그들 안에 잠들어 있던 천신이 눈을 뜬 거지."

가까스로 데이터의 홍수가 멎었다. 그리고 잠잠해진 아레이의 머릿속으로 고양이의 목소리가 울렸다.

"너희도 깃든이야. 나도 깃든이고."

Q가 눈을 휘둥그레 뜨고 멀뚱멀뚱 고양이를 봤다.

"너, 천재였냐? 아! 그래서 유창하게 사람 말을 하는구나?"

고양이가 동그란 눈으로 Q를 보았다.

"말을 하는 게 아니야."

고양이는 이어서 설명했다.

"천신은 나에게 온갖 코드를 감지하는 능력을 줬어. 인간들은 정보를 변환해서 입으로 소리를 내는 것만 '말'이라고 생각하나 본데, 정보는 말이 되기 전의 형태가 있어. 네가 지금 입으로 뱉은 말도 먼저 머릿속에서 희미한 전류로 생겨난 거라고. 난 그 전류의 변화를, 사고의 펄스를 감지해서 네가 하고 싶은 말을 아는 거야. 그리고 또 너의 코드를 써서 내가 하고 싶은 말을 전달하고. 알겠냐?"

Q는 숨을 삼키며 신음하듯 말했다.

"뭔가…… 멋진데! 고양이 주제에."

"그러니까 나는 천신의 말도 감지한다고. 그걸 깃든이에게 전하지. 너희를 여기로 부른 건 이 세상 온갖 생명체 속에 잠든 천신들의 메시지를 전달하기 위해서야."

'디코더'라는 단어가 아레이의 마음속에 떠올랐다. 변환 장치다. 고양이는 신의 메시지를 변환하여 두 사람에게 알려 주는 디코더 노릇을 하고 있는 것이었다.

"이제 알겠지? 깃든이에게는 사명이 있어. 황천귀를 땅 밑으로 돌려보내는 사명. 그놈들은 이 세상에 큰 재앙을 일으킬 거야. 그 전에 황천귀를 봉인하는 게 너희…… 아니, 우리가 할 일이지. 아까도 말했지만, 놈들은 아직 이 세상과 황천국 사이에 벌어진 작은 틈에 몸을 숨긴 채로 고치에 둘러싸여 증식하고 있어. 그 수가 너무 많아져 이 세상으로 튀어나오기 전에 물리쳐야 해. 천신이 옛날부터 깃든이를 계속 보내온 이유가 이거야."

"싫어."

딱 잘라 말한 사람은 Q였다.

"사명이라고? 난 처음 듣는데. 난 신도 안 믿어. 고양이의 설탕발림에 넘어갈 순 없지."

"사탕발림이겠지."

아레이가 작은 목소리로 Q에게 속삭였다.

고양이는 깔보듯이 Q를 굽어보며 귀를 쫑긋했다.

"나도 싫은 건 마찬가지라고. 거부할 수 있었으면 진즉에 했겠지. 근데 너희들, 오늘 그림자계에서 한참 헤맸지? 왜인지 알아?"

아레이와 Q는 대답하지 못하고 얼굴을 마주 봤다.

"벌써 시작된 거야."

고양이는 그렇게 말하고 고개를 푹 숙이며 콧김을 한 번 내뿜었다.

"이미 싸움이 시작됐다고. 그래서 이곳에 모인 깃든이는 강제로 그림자계 안으로 보내져."

"뭐야 그게…… 누구 맘대로!"

아레이는 속에서 끓어오르는 분노를 저도 모르게 나직이 뱉었다. 고양이는 찡그렸던 미간을 조금 풀었다.

"안타깝지만 네 사정은 알 바 아냐. 귀찮아도 싫어도 천신은 자기 뜻대로 깃든이를 그림자계 안으로 보내."

"뭘 위해서?"

아레이가 고양이에게 따져 물었다.

"멋대로 보낸다 한들 우리는 아무것도 못 해. 오늘도 그저 도망만 다닐 뿐이었는데 왜 그런 곳에 가야 하냐고. 얻을 것도 없잖아? 우리한테도 그…… 천신인가 뭔가한테도 쓸데없는 일이라고!"

"구멍을 내려고."

고양이의 말이 곧장 머릿속으로 들어왔다.

"어?"

"너희들, 그림자계에서 어떻게 빠져나왔냐?"

"어? 어떻게냐니……"

아레이가 Q의 얼굴을 봤다. Q는 고개를 갸웃하고는 골똘히 생각하다 말을 꺼냈다.

"으음…… 어떻게 나왔냐면, 이상한 교실에 들어갔는데 바닥이 마방진이었고…… 잘못된 널빤지를 밟았고, 그다음 공기가 비틀리더니 정신 차리니까 원래 학교로 돌아왔어. 맞지?"

확인 차 묻는 Q에게 아레이가 고개를 끄덕였다.

고양이도 동그란 눈으로 지그시 아레이와 Q를 보면서 머리를 흔들어 끄덕이는 시늉을 했다.

"그게 빈틈이야."

"빈틈?"

두 사람이 동시에 물었다.

고양이가 또 고개를 주억인다.

"그래. 황천귀는 황천 고치로 싸인 그림자계 안에서 진짜와 똑같은 세계를 만들어. 하지만 아무리 똑같이 만들려고 해도 거기엔 반드시 빈틈이 생기거든. 어딘가 어긋나는 거지. 딱 한 곳, 진짜 세계랑 다른 데가 있어. 그게 빈틈이야. 빈틈은 고치에 뚫린 작은 구멍 같은 거야. 고치로 들어간 깃든이가 그 작은 구멍을 통해 이쪽 세계로 돌아오면 구멍이 커져. 물론 금방 황천귀들이 구멍을 메꾸겠지. 하지만……"

고양이는 말을 끊고 바위 위에서 달싹거리며 몸을 앞뒤로 흔들었다.

"하지만 메꿔도 자국이 남아. 그림자계 안팎을 꿰뚫은 자국이 남는다고. 알겠어? 깃든이가 그림자계로 침입과 탈출을 되풀이하면 그만큼 황천 고치에 구멍이 뚫리고, 머지않아 구멍 자국 몇 개가 이어져서 길이 돼. 그러려고 천신이 깃든이를 그림자계 안으로 보내는 거야. 그게 곧 황천귀를 땅속 어둠의 세계로 봉인하기 위한 순서거든."

아레이는 고양이의 말을 곱씹어 흡수하려고 끊임없이 생각했다.

천신과 황천귀. 황천귀가 만든 그림자계. 진짜와 똑같은 세계. 유일한 차이점…… 빈틈.

그 빈틈이 바로 정사각형 교실이었나?

원래는 없는 교실. 현실 속 미래통합학교에는 존재하지 않는 곳. 아레이와 Q는 그 빈틈을 통해 진짜 세계로 돌아왔다는 뜻일까?

"뭔 소린지 하나도 모르겠네."

Q가 두 손 들었다는 듯 작게 내뱉었다.

"조심하라고."

고양이의 목소리가 머릿속에 울렸다.

"다음엔 더 찾기 어려울 거야. 그림자계는 차츰차츰 넓어지고 있거든. 거기서 탈출하려면 단 하나의 빈틈을 찾는 수밖에 없어."

"다음이라니? 이제 그런 곳엔 절대 안 갈 건데!"

Q가 맞받아치자 고양이는 화난 듯 덤벼들었다.

"답답한 소리 할래? 너희가 가기 싫어도 천신이 원하면 또 거기로 보내진다고 말했잖아! 황천귀는 그림자계에 들어온 깃든이의 숨통을 끊어 놓으려 할 거야. 그러니까……."

그때 별안간 머릿속에 울리는 고양이의 목소리가 다시 우물거리는 어조로 바뀌었다.

"조심하거라."

이건 고양이가 변환하여 전하려는 천신의 메시지일 거라고 아레이는 생각했다.

"황천귀가 눈을 떴다.

황천귀를 땅속 어둠의 세계로 돌려보내고자
천신은 이 땅에 일곱 기둥의 깃든이를 모았노라.
여기에 세 기둥. 나머지 네 기둥.
조심하거라.
이미 황천귀가 움직이기 시작했도다.
너희도 서둘러라. 서둘러 깃든이를 찾아내라.
일곱 기둥의 힘을 합쳐 황천귀를 땅속에 봉인하라."

말을 마치자 고양이는 높게 펄쩍 뛰더니 흥분한 기색으로 온몸의 털을 부풀렸다. 그러고는 불현듯 퐁 하고 바위에서 뛰어내려 우두커니 선 아레이와 Q의 곁을 바람처럼 달려 숲속으로 사라져 버렸다.

"음……?"

어안이 벙벙한 아레이 옆에서 Q가 입을 열었다.

"그래서 저 야옹이, 결국 뭐라고 한 거냐? 집 가면 누나한테 뭐라고 설명해야 하지?"

아레이는 한숨을 한 번 쉬고는 Q에게 말했다.

"일단 내려가자."

"응." 하고 순순히 대답하더니 Q가 문득 생각났다는 듯 말을 이었다.

"아……, 이나미 선생님이 전화했었다고 누나가 그랬어. 무지 화났다는데? 기다릴 테니 당장 학교로 돌아오라고 전해 달랬대.”

  아레이는 순간 굳었다. 그리고 또 한 번 한숨을 크게 내쉬고 느릿느릿 정상의 바위에서 등을 돌렸다.

깃든이

산꼭대기에서 도시락을 먹었던 공원까지 이어지는 좁다란 샛길을 걸으며 아레이는 마음속으로 고양이가 한 이야기를 계속 생각하고 있었다. 뒤에서 Q는 가파른 경사를 내려오면서도 내내 떠들었다.

"그 고양이, 말을 했어."

아레이는 반응이 없었지만 Q는 개의치 않았다.

"꿈에서 봤을 때보다 작지 않냐? 내 꿈에선 덩치가 더 컸던 것 같은데. 넌 어땠어?"

듣고 보니 꿈속의 고양이는 조금 더 몸집이 컸던 것 같다. 그러나 아레이는 딱히 아무런 대꾸도 하지 않았다. Q는 아랑곳하지 않고 계속 말했다.

"코피 났다고 하면 어때?"

코피? 아레이는 순간 Q를 돌아보려다가 다시 발밑으로 눈을 돌리고 계속해서 걸었다. Q가 또 떠든다.

"핑계 말이야. 이나미 선생님을 바람맞힌 핑계. 둘 중 하나가 코피가 터져서 다른 한 명이 집까지 부축해 줬다고 하면 이해해 주지 않을까? 아니면 코피 대신 토를 했다든가……"

아레이는 앞을 향한 채로 Q에게 되물었다.

"그래서? 증거는? 우리는 번개처럼 집에 갔고, 코피나 토는 흔적도 없이 소멸했다는 거야?"

Q는 아무 말이 없었다. 벌써 다른 생각이 머릿속을 점령해 버린 모양이다.

"근데 있잖아. 그 고양이, 왜 말투가 달라졌을까?"

"글쎄……"

아레이는 어깨를 으쓱하고 뿔남천나무를 손으로 젖혔다. 조금 전의 공원으로 나왔다.

"뭐야……. 금방이네."

뒤이어 도착한 Q가 공원을 휘휘 둘러보며 말했다. 아까 목적지를 모르고 언덕길을 올랐을 때는 제법 긴 거리를 걸은 줄 알았는데 생각보다 공원에서 정상까지는 그리 멀지 않았다.

벤치로 다가가서 놓아둔 짐을 챙긴 후 두 사람은 산자락으로 이어지는 계단을 내려갔다.

"고양이가 사람 말을 했다고."

계단을 내려가는 아레이 뒤에서 Q가 또 말했다.

"어떻게 말을 하지?"

끝없는 질문에 아레이는 비로소 뒤를 돌았다. 발을 멈추고 Q의 얼굴을 쳐다보며 아레이는 대답 대신 대뜸 문제를 냈다.

"14의 제곱은?"

"196."

Q가 단숨에 대답했다.

"그럼 196의 제곱은?"

"3만 8416."

이번에도 Q는 곧바로 답했다.

"그럼, 3만 8416의 제곱은?"

잠시 눈을 감더니 곧이어 Q가 답했다.

"14억 7578만 9056."

아레이는 지그시 Q를 바라보며 물었다.

"넌 어떻게 가능해? 어떻게 그렇게 계산을 빨리하냐고."

"어? 그냥 할 수 있어서 할 뿐인데……."

아레이가 고개를 끄덕였다.

"바로 그거야. 똑같다고."

Q는 고개를 갸웃거리며 아레이를 봤다. 아레이가 이어서 말했다.

"네가 수학을 터무니없이 잘하는 건 딱히 노력하거나 스스로 원해서가 아니잖아? 나도 그래. 난 한 번 본 건 절대 잊지 않지만 노력으로 기억력을 키운 건 아냐. 고양이도 마찬가지일 거야. 어쩌다 머릿속 신호를 감지하는 능력을 얻었겠지. 고양이는 그 능력을 준 게 천신이라고 말했어. 우리 몸속에 깃들어 있는 천신이 눈을 뜨면 변화가 일어난댔잖아. 여느 생명체와는 다른 능력을 지니게 된다는 뜻이야."

"뭐야 그 천신……"

Q는 징그럽다는 듯 자기 몸을 샅샅이 살폈다. 어딘가에 들러붙은 송충이라도 찾는 듯이 움찔거렸다.

"내 몸에 깃들어 있다고? 외계인처럼?"

아레이는 Q를 바라보고 자기 몸을 힐끔 훑어본 뒤 어깨를 으쓱했다.

"그렇게 놀랄 일이야? 세균이든 바이러스든 100조 개가 넘는 것들이 우리 몸속에 산다고 하던데."

"웩!" 하고 Q는 얼굴을 구겼다.

"넌 기분 나쁜 소릴 아무렇지도 않게 하냐."

아레이는 뜻밖이라는 얼굴로 Q를 보았다.

"누구나 몸속에 가지고 있는 건데 뭐가 기분 나빠? 천신도 모든 생명체 속에 자리 잡고 있다고 고양이가 그랬잖아. 세균이나 다름없지 뭐. 다만 보통은 비활성인 거야, 천신은."

아레이의 말에도 Q는 여전히 찝찝하다는 듯 자기 몸을 내려다보고 있었다.

"그럼 왜 하필 너랑 나 그리고 그 이상한 고양이 몸에서만 활성화한 건데?"

Q의 말을 아레이가 바로잡는다.

"우리 둘이랑 고양이만이 아냐. 예나 지금이나, 어디에서나 우리 같은 깃든이들이 있었다고 고양이가 말했잖아? 깃든이는 황천귀의 침입에 대비하려고 만든 천신의 방어 시스템 아닐까? 우리 몸에 있는 백혈구처럼……. 그래서 황천귀가 나타난 곳에 깃든이들이 파송돼. 고양이는 이곳에 일곱 기둥의 깃든이가 모였다고 했어. 우리랑 고양이 외에 네 기둥. 그 깃든이들을 찾으라고 했지."

"복잡하네……. 너 잘도 이해했다? 요상한 고양이가 하는 말 따위를."

Q가 감탄한 듯 아레이를 보며 또 물었다.

"근데 찾으라고 한들 어떻게 찾냐? 찾았다 쳐도 말이 잘 통할지도 의문이고. 그 왜, 고양이도 깃…… 어쩌고……."

"깃든이." 하고 아레이가 보탠다.

"그래, 그거."

Q는 끄덕거리며 말을 이었다.

"고양이도 깃든이잖아? 그럼 사람이 아닐 수도 있단 거지?

바퀴벌레 깃든이나 개구리 깃든이, 강아지 깃든이도 있을지 모른다는 거야. 그럼 제대로 대화할 수 있겠냐? 난 걔네랑 동료가 되긴 싫은데……"

아레이도 잠자코 생각에 빠졌다.

Q의 말이 맞았다. 어떤 모습일지도 모르는 동료를 어떻게 찾으라는 말인가? 애초에 천신이 자기 의지로 깃든이를 모았다면 천신이 직접 집합시키면 될 일 아닌가? 고양이를 통해 굳이 두 사람에게 나머지 깃든이를 찾으라고 명령하는 의도는 무엇일까?

모르겠다. 아직 모르는 것투성이다.

"야, 듣고 있어?"

계단 한가운데 우뚝 서서 생각에 잠긴 아레이에게 Q가 얼굴을 바짝 들이밀었다.

"강아지나 바퀴벌레가 동료면 어떻게 할 거냐니까? 아니지, 왜 우리가 고양이의 명령에 따라야 하는데?"

"몰라. 나도 아직 잘 모른다고……"

아레이는 고개를 가로젓고 묵묵히 계단을 내려갔다. 도로까지 걸으며 속으로 고양이의 말을 되새김질했다.

고양이는 이 지역에서 황천귀가 깨어났다고 했다. 천신에 대적하는 황천귀. 생명체의 몸속에서 그 생명을 돕는 천신의 대척점에 있는 존재, 그게 아마 황천귀일 것이다. 유산균처럼 몸속에서 소화를 돕는 이로운 세균이 있는가 하면 질병이나 죽음을 안겨 주는 해로운 세균도 있다. 황천귀란 분명 해로운 세균 같은 존재. 이 세계에 재앙을 가져올 무언가일 것이다.

고양이는 황천귀를 봉인하는 일이 깃든이의 역할이라 알려 주었다. 하지만 어떻게? 천신의 작전이 벌써 시작되었다고 해도 무슨 일을 떠맡게 될지는 가늠할 수 없었다.

오늘 아레이와 Q가 그 기묘한 곳에서 헤맨 것도 천신의 작전 중 하나라고 고양이는 말했다. 황천 고치에 구멍을 내기 위해 천신은 깃든이를 그림자계로 보낸다고. 몇 번이고 구멍을 뚫어 길을 만드는 일이 황천귀를 봉인하기 위한 과정이라면, 그다음엔 어떻게 되는 걸까? 앞으로 또다시 아레이와 Q는 그림자계 안으로 다짜고짜 빨려 들어가게 되는 걸까?

외눈박이 그림자의 목소리가 머릿속에 되살아났다.

"기이이이이잇…… 드은…… 기잇……."

으슬으슬 오한이 들었다. 엉겨 붙는 그림자 괴물의 잔상을 뿌리치듯 아레이는 불어오는 바람을 맞으며 머리를 털었다.

산에서 내려온 아레이와 Q는 길에서 갈라져 각자 집으로 돌아갔다. 이나미 선생님이 기다린다고 했지만 다시 학교로 돌아갈 마음은 들지 않았다. 하루가 하도 정신없이 어지럽고 이상해서 두 사람은 녹초가 된 기분이었다. 더구나 아레이는 인기척 없는 방과 후의 학교에 발을 들이고 싶지 않았다. 터널처럼 어두컴컴한 복도를 걷는 사이에 또 이 세계가 아닌 곳으로 끌려갈까 봐 상상만 해도 목덜미가 움츠러들었다.

"이나미 선생님한테는 내가 속이 안 좋아서 Q……샤 네가 집까지 바래다줬다고 하자. 네가 걱정돼서 부축해 줬다고 하면 선생님도 별말 안 하겠지."

"오호, 나 착한 역할이네?"

Q는 마음에 들었는지 싱글벙글했다.

역시 특이한 애야. 집에 가서 누나한테 뭐라고 둘러대려고 저러지? 통화할 때 뒷산에 있다고 솔직하게 불었으니 알리바이가 맞지 않을 텐데. 뭐, 그것까지 내가 걱정할 필요 없겠지.

Q를 걱정하는 제 모습에 속으로 혀를 차면서 아레이는 Q와 헤어졌다.

그날 저녁 식사 시간이 되어서야 아레이의 엄마는 못 보던 번호로 전화가 온 걸 알아차린 모양이었다.

"어머…… 누구지? 부재중 전화가 여섯 통이나 와 있네."

슬쩍 본 아레이는 학교 대표 번호라는 사실을 금세 알았다. 화가 머리끝까지 난 이나미 선생님이 닥치는 대로 전화를 걸었나 보다.

"학교에서 온 거야."

아레이가 조그맣게 말했다.

"뭐?"

엄마가 아레이를 의심스러운 눈초리로 쳐다봤다.

"학교에서라니? 무슨 일 있었어? 너, 말썽 부린 건 아니지?"

"아니야."

잠시 발끈한 아레이가 다시 차분하게 말을 이었다.

"아무 일 없었어. 선생님이 방과 후에 이야기 좀 하자고 했는데 열도 좀 있고 속도 안 좋아서 그냥 왔어. 아마 집에 잘 갔는지 확인하는 전화일걸. 와서 바로 잠드는 바람에 내가 전화를 못 받았거든."

스스로 생각해도 참 잘 꾸민 거짓말 같았다. 이나미 선생님에게 둘러댈 핑계와도 모순되지 않고 억지스럽지도 않다.

"몸이 안 좋았니? 별일이네."

그러나 엄마는 호락호락하지 않았다.

"지금은 괜찮은 거야? 열은? 재 봤니?"

"괜찮아. 이제 멀쩡해."

옆에서 아키나가 얄밉게 끼어들었다.

"오빠 땡땡이쳤지? 꾀병 부리고 집에 온 거야, 분명."

아레이는 못마땅한 눈길로 시끄러운 여동생을 흘긋 쏘아보았다. 아키나는 의외로 예리한 구석이 있었는데, 다행히 오리엔테이션에 지각해서 야단맞은 소식은 아직 모르는 모양이다. 알았다면 아마 지금쯤 엄마에게 말하고도 남았겠지.

아레이와 세 살 터울인 여동생 아키나는 정보 수집력이 상당했다. 같은 초등학교에 다닐 적에는 학년을 초월해 아레이의 일거수일투족을 파악하고 있었다. 마치 CIA처럼. 그러나 천하의 아키나도 새 학교에서는 아직 정보 수집을 위한 연결망을 구축하지 못했나 보다.

"시끄러워."

아레이는 나직이 여동생에게 한마디 던졌다.

"선생님께 전화를 드려야 하나……. 아키나 레슨에 방해될까 봐 무음으로 해 놨거든. 점심때부터……"

"아냐, 됐어."

핸드폰을 들여다보는 엄마에게 아레이가 서둘러 말했다.

"내가 내일 선생님께 잘 말씀드릴게."

"그럴래?"

엄마 얼굴에 화색이 돌았다. 아레이는 엄마가 매사 귀찮아하는 성격이라는 걸 충분히 파악하고 있었다.

"그럼 잘 좀 말씀드리렴. 선생님께 죄송하다고 사과드리고. 동생 피아노 레슨 봐주느라 전화 못 받았다고 제대로 설명해야 한다."

"알았어."

이걸로 첫 단계는 통과다. 문제는 내일 이나미 선생님을 어떻게 해결하느냐였다.

아레이는 작전을 마음속으로 이리저리 짜맞추며 깜깜해진 창밖으로 눈길을 던졌다. 창밖은 어둠으로 칠해져 있었다. 카오스 고양이가 한 말 중 하나가 문득 머릿속에 되살아났다.

땅속 어둠의 세계. 황천귀들이 몸을 숨긴 그 세계는 이런 어둠에 싸여 있는 걸까.

어둠 저편에서 무언가가 이쪽을 기웃거리는 느낌이 들어 아레이는 오스스 팔에 소름이 돋았다.

언덕

다음 날 아레이는 평소대로 조회 5분 전 교실에 도착했다. Q와 히카루의 모습이 보였다. 이나미 선생님은 아직 오지 않았다. 교탁 앞에는 책상이 달랑 세 개 놓여 있었다. 창가 자리에는 Q, 복도 쪽 자리에는 히카루가 앉았다. 아레이가 가운데 책상에 가방을 내려놓자 Q가 만화책에서 고개를 들고 씩 웃으며 반겼다.

히카루는 1교시 영어 교과서에 눈길을 떨어트린 채 아레이와 Q를 완전히 자기 세계에서 차단하고 있었다. 책상 위치도 다른 두 책상과 미묘하게 더 멀었다. 가까이 오지 말라는 무언의 의사 표현 같았다.

자리에 앉은 아레이에게 Q가 몸을 기울여 무어라 말하려 하는데 종이 울렸다.

미닫이문이 드르륵 열리고 이나미 선생님이 교실로 들어왔다. 선생님은 아무 말 없이 교탁으로 걸어오면서 화난 듯이 아레이와 Q를 보았다.

"아레이, 큐샤."

목소리가 낮게 떨렸다. 아무래도 아직 선생님의 분노는 사그라들지 않은 모양이다.

"어제 남으라고 했을 텐데? 왜 말도 없이 갔지?"

"죄송합니다."

아레이는 얌전히 머리를 꾸벅 숙였다.

"속이 좀 안 좋아서······."

"그래서 제가 걱정돼서 아레이를 집까지 바래다줬어요!"

씩씩한······ 아니, 들뜬 어조로 Q가 설명했다. 아레이는 기억력 나쁘기로 소문난 Q가 자기 이름을 외우고 있다는 사실에 약간 놀랐다.

"집에 갔다고? 그럼 전화는 왜 안 받았니, 아레이?"

이나미 선생님이 날카로운 시선을 아레이에게 던졌다.

"죄송합니다. 집에 가자마자 잠드는 바람에 몰랐어요. 엄마는 어제 동생 피아노 레슨을 봐주시느라 핸드폰을 무음으로 해놓으셨고요. 저녁에 학교에서 온 부재중 전화를 확인하고 당황하셨어요. 엄마가 선생님께 죄송하다고······."

"레슨 한번 참 기네."

이나미 선생님이 못마땅하다는 듯이 말했다. 분명 몇 번이나 걸어도 받지 않는 전화에 폭발했을 거다.

아레이는 선생님이 빈정대는 말을 역이용하여 주저 없이 반격에 나섰다.

"죄송합니다. 선생님이 '레슨 한번 참 기네.'라고 말씀하셨다고 엄마한테 전해 드릴게요."

이나미 선생님의 얼굴에 움찔하는 표정이 떠올랐다.

"아니……. 그런 말은 안 해도 된다."

"하지만 엄마 때문에 선생님께 누를 끼쳤으니까……. 엄마는 툭하면 핸드폰을 안 받고 어떤 땐 아예 들고 나가지도 않아서 저도 진짜 열받거든요. 선생님도 화나셨다고 말해도 될까요? 그러면 조금 바뀌실지도 몰라요."

자기 문제를 고스란히 엄마에게 떠넘기며 아레이는 온순한 표정으로 말했다. 이나미 선생님의 분노가 급속도로 가라앉는 게 눈에 보이는 듯했다.

"그런 말은 안 해도 된다고 했잖아. 엄마도 여러모로 바쁘시니까 그런 걸로 불평하면 안 되지."

누가 봐도 쩔쩔매는 기색이었다.

"애…… 애초에 네가 방과 후에 똑바로 남았으면 엄마께 연락드릴 일도 없었잖니."

"죄송합니다."

아레이는 또 고분고분하게 머리를 숙였다.

"정말 속이 안 좋아서……. 하지만 집에 가기 전에 선생님께 허락부터 구해야 했어요. 앞으로는 그럴게요."

"알았으면 됐다."

아레이에게서 시선을 거두는 이나미 선생님을 향해 Q가 한 번 더 해맑게 아까 했던 말을 되풀이했다.

"저는 걱정돼서 아레이를 집까지 바래다줬어요!"

아레이는 속으로 혀를 찼다. 이나미 선생님은 치켜뜬 눈발로 Q를 흘겼으나 그 이상 아무 말도 하지 않았다. 어제 오리엔테이션에 늦은 일도 더 들쑤시지 않았다.

"여하튼 둘 다 좀 더 8학년답게 시간과 규칙을 바르게 지키도록."

이나미 선생님은 간단히 끝맺었다. 시간이 별로 없었기 때문이다. 조회 시간에 전달할 사항이 이모저모 있었다.

선생님은 아직 부글부글 끓고 있는 속을 뱉어 내려는 듯 크게 한 번 심호흡을 하고 말했다.

"다들 좋은 아침이다."

묘하게 밝은 목소리로 울리는 인사에 아레이도 "안녕하세요." 하고 화답했다. 어쨌든 당분간 선생님의 심기를 건드리지 말자고 스스로를 타일렀다. 히카루도 "안녕하세요." 하고 우물

쭈물 웅얼거렸다. 좀 전까지 팔팔하던 Q는 생각할 거리라도 있다는 듯 건성건성 창밖을 바라보고 있었다.

"큐샤, 학생 기초 조사서 아직이니? 너만 안 냈어."

이나미 선생님의 말에도 Q는 계속 멍하니 있었다.

"오늘도 안 챙겼니?"

선생님이 다시 묻자 그제야 꿈에서 깬 듯 Q는 선생님을 향해 끄덕거렸다.

"네······. 아마도······?"

"내일은 가져와라. 알겠지?"

"네······. 아마도······."

아레이는 속으로 혀를 찼다.

Q, 정신 차려. 잘 마무리되려 하는데······.

이나미 선생님의 관자놀이에서 핏줄이 꿈틀거리는 듯했다.

"아마도가 아니라 내일 꼭 챙겨 와."

Q가 멍한 표정으로 끄덕였다. 이나미 선생님은 매서운 눈으로 Q를 바라보다가 문득 그 시선을 아레이에게 던졌다.

"아레이, 넌 어제 동아리 신청서 왜 백지로 냈니? 마모루 선생님 설명 못 들었어? 1지망과 2지망을 적으라고 했잖아."

아레이는 잠시 머뭇거렸다.

"네? 전 동아리 들 생각이 없어서······. 그래서 안 썼어요."

이나미 선생님이 희미하게 입꼬리를 들어 올리며 말했다.

"이 봐, 이 봐. 역시 제대로 안 들었잖아. 아, 오리엔테이션에 늦게 와서 못 들었구나? 5학년부터 9학년까지는 동아리 가입 필수다. 자, 다시 제출해. 1지망이랑 2지망 모두 써서."

어제 아레이가 백지로 낸 신청서를 이나미 선생님은 퇴짜 놓듯이 책상에 올렸다.

최악이다…….

아레이는 히죽대는 이나미 선생님에게 눈총을 쏘고 싶은 마음을 달래며 별수 없이 신청서만 째려보았다.

"그리고 오늘 4교시 체육은 7, 8, 9학년 합동 수업이다. 아니, 체육 수업은 앞으로도 특별한 일 없으면 세 학년 합동 수업이야. 4교시에 여자는 운동장, 남자는 체육관으로 집합하도록. 체육복으로 잘 갈아입고. 탈의실은 여자가 7학년 교실, 남자는 9학년 교실이다. 알았지?"

인원이 적어서였다. 합동 체육 수업도, 동아리를 5학년부터 9학년까지 다 들어야 하는 것도.

"최악이야……."

아레이는 이번엔 속삭이는 듯한 목소리로 속마음을 입 밖으로 꺼냈다.

1교시 영어와 2교시 수학이 끝나고 쉬는 시간이 되자 히카루는 교실을 나가 버렸다. 휑한 교실에 둘만 남기가 무섭게 Q

가 말을 걸었다.

"야, 아레이."

아직도 언짢은 마음에 아레이는 인상을 쓰고 있었다.

"어제 짠 핑계, 잘 통했네."

"어, 그러게."

아레이가 고개를 끄덕였다.

"있잖아, 어제 누나한테 그 얼룩덜룩하고 이상한 고양이 이야기를 했거든."

"뭐?"

아레이는 놀라 Q를 보았다.

"누나한테 어제 일을 말했다고?"

"응, 했어."

Q는 태연스레 끄덕거렸다. 아레이는 믿을 수 없다는 표정으로 다시 물었다.

"다 얘기했다고? 고양이가 사람 말을 한 것도? 그 외눈박이 그림자도?"

재차 묻는 아레이에게 Q가 신경질적으로 끄덕거렸다.

"아, 그렇다고! 그랬다니까! 고양이도 외눈박이 그림자도 싹 다. 근데 너도 고양이 꿈 꿨다고 했지? 꿈에서 고양이가 뭐라고 했냐?"

"미래의 언덕으로 오너라."

아레이는 툭 꿈속에서 들었던 고양이의 말을 되풀이했다. Q가 흥분한 기색으로 "응! 응!" 하며 끄덕였다. 수업 때는 멍하니 가라앉아 있던 눈이 지금은 아주 반짝반짝했다.

"나도야. 내 꿈에서도 같은 소릴 했어. 미래의 언덕으로 오라고. 누나가 그러는데…… 그 고양이는 모두에게 같은 메시지를 보내지 않았겠냐는 거야."

"모두라니?"

아레이가 미간을 찌푸리자 Q는 갑갑하다는 듯 말했다.

"왜, 네가 어제 말했잖아. 우리가 음, 깃드……"

"깃든이." 하고 아레이가 거들자 Q가 끄덕이며 계속했다.

"그래, 그거. 너랑 나, 고양이, 그 밖에 넷이 더 있다며? 그 깃든이 모두에게 고양이는…… 아니 고양이를 통해 천신은 같은 메시지를 보냈을 수도 있다고 누나가 그랬어. '미래의 언덕으로 오너라.'라는 메시지를."

"그래서?"

아레이가 뒷말을 재촉했다.

"그래서! 미래신도시의 언덕은 딱 하나야."

아레이는 드디어 Q가 하려는 말을 깨닫고 눈을 크게 떴다.

"미래통합학교?"

"그래."

Q가 히죽 웃으며 끄덕였다.

"그럼…… 깃든이 모두 이 학교에 모여 있다는 건가? 나머지 넷도 우리와 같은 학교에 있다는 소리지?"

"아마도."

Q가 또 말을 시작했다.

"하나 더. 이것도 누나가 말해 줬는데, 깃든이는 원래 신을 섬기는 자를 뜻한대. 옛날에는 어린이들이 깃든이 역할을 많이 맡았나 봐. 여덟 살에서 열여섯 살쯤 되는 애들이 말이야."

아레이는 퍼즐 조각처럼 맞추어지는 정보에 눈을 부릅떴다.

"그래서 여기로 모은 건가……. 여덟에서 열여섯이면 이 학교 1학년부터 9학년까지의 아이들 나이니까. 그래서 천신은 우리를 이 통합학교로 불러 모았나……."

아레이의 말에 이어 Q가 무슨 궁리를 하듯 바닥을 쳐다보며 말했다.

"그렇다면 해 볼 만해. 바퀴벌레도 민달팽이도 개미도 깃든이에서 제외야. 그렇게 오래 사는 바퀴벌레나 민달팽이는 없으니까. 뭐…… 매미는 가능한가? 무리려나? 어쨌든 바퀴벌레랑 동료가 아닌 것만으로도 다행이다!"

아레이는 Q의 말을 이어받았다.

"그리고 만일 네 누나 말이 맞다면 깃든이 후보에서 선생님들도 제외야."

"흠, 그럼 71명에서 우리 둘을 뺀 69명 중에 나머지 네 명의 깃든이가 있다는 거네? 확률은 약 5.8퍼센트."

Q가 말했다. 그리고 무언가 떠오른 듯 눈을 반짝였다.

"한 명씩 물어보고 다닐래?"

"어떤 식으로?"

아레이가 되묻자 Q는 자못 진지하게 대답했다.

"고양이 꿈을 꿨냐고."

히카루가 교실로 돌아왔다. 아레이와 Q에게는 눈길도 주지 않고 제자리에 앉으려는 히카루에게 Q가 말을 걸었다.

"야, 히카루."

얼음장 같은 시선이 돌아왔다.

"히카루라고 하지 마."

"그럼 뭐라고 부르냐?"

울컥한 듯 Q가 되물었지만 히카루는 대꾸도 없이 잠자코 의자를 당겨 자리에 앉았다.

"뭐, 됐다. 그나저나 너 최근에 고양이 꿈 꿨냐?"

Q는 기죽지 않고 히카루에게 물었다. 히카루는 또다시 얼어붙은 시선을 Q에게 힐끗 던질 뿐 답하지 않았다.

"야, 말하는 고양이 꿈 꾼 적 없냐고 묻잖아."

"뭔데 그게?"

히카루는 퉁명스레 답하고는 3교시 수업을 준비했다. Q가 어깨를 움츠리며 아레이를 봤다.

"얘는 아닌가 봐."

아레이는 마음 깊이 쯧쯧쯧 하고 세 번 연속 혀를 찼다.

너무 직설적이잖아. 하다못해 "요즘 말하는 고양이 꿈을 꾸거든." 같은 말로 상대의 반응을 살필 줄 아는 지혜는 없는 거냐, 호모 사피엔스.

무심코 고양이의 말투를 따라 생각한 아레이는 한숨을 푹 쉬었다.

드르륵 교실 미닫이문이 열리며 이나미 선생님이 들어왔다. 3교시는 국어다. 방금까지 생생하던 Q는 활기를 잃고 의자 깊이 몸을 묻어 버렸다. 히카루는 교과서에서 눈을 들지 않는다.

아레이는 Q가 한 말을 머릿속에서 곱씹었다.

Q의 누나 말대로라면 고양이의 부름에 응해 깃든이들이 이 학교에 모여 있다는 건데……. 하지만 어떻게 그럴 수 있지?

아레이가 고양이의 메시지를 받긴 했지만 미래신도시로 이사 온 것도, 미래통합학교에 다니게 된 것도 모두 아레이의 의지와는 무관했다. 부모님이 집을 사겠다고 결정하는 바람에 이렇게 된 것뿐이었다.

그때 고양이의 말이 다시 떠올랐다. 천신은 이 세상 온갖 생명체 속에 잠들어 있다고 했다.

모든 생명체……. 즉, 아레이의 부모님이나 다른 사람들에게도 천신이 있다면, 그들이 마음을 합쳐 위기에 대처하려는 거라면? 아레이의 엄마 아빠 역시 몸속 천신의 뜻에 이끌려 집을 사기로 마음먹은 것 아니었을까?

아레이는 옆자리의 Q를 슬쩍 보았다. 새로운 질문이 가슴속에서 서서히 머리를 들었다.

근데 얘 누나는 대체 뭐지? Q는 모든 일을 누나에게 시시콜콜 다 이야기하나?

편지

아레이는 결국 1지망으로 쓴 육상부에 들어갔다. 1지망이라지만 절대로, 단연코, 요만큼도 육상부가 좋아서는 아니었다. 가기 싫은 순으로 나열했을 때 육상부가 가장 마지막에 있었을 뿐이다.

여동생 아키나가 가입한 음악부는 가장 먼저 제외했다. 공예부는 아레이와 제일 인연이 먼 곳이었다. 무언가를 자유롭게 만들거나 창작하는 일에는 영 소질이 없었기 때문이다. 운동부 두 곳 중에서 육상부를 고른 이유는 성가신 멤버가 탁구부로 몰릴 듯한 예감이 들어서였다.

아니나 다를까 남자 탁구부는 북적였다. 9학년 갈색 머리 콤비, 둘째 날 오리엔테이션을 휘젓고 다니던 7학년 야스카와,

8학년 Q. 거기에 6학년과 5학년 남자아이들 한 명씩 더해 총 여섯 명이었다.

반면 남자 육상부는 멤버도 인원수도 퍽 수수했다. 8학년 아레이. 그리고 7학년 남자아이 둘. 쇼라는 깡마른 아이와 켄지라는 꺽다리. 5, 6학년 가입자는 없었기에 부원은 단 세 명이었다.

아레이는 그럭저럭 잘 선택했다며 위안으로 삼고 있었는데, 생각지도 못한 재난이 들이닥쳤다. 우선 7학년 둘뿐인 여자 육상부와 합치게 된 것. 그리고 유일하게 8학년인 아레이가 육상부 부장을 맡게 되었다는 것이다.

"어? 너도 부장? 잘해 보자."

탁구부 부장이 되어 의욕이 넘치는 Q가 해맑게 악수를 청했지만 아레이는 고집스레 그 손을 맞잡지 않았다. 설상가상으로 육상부 담당이 이나미 선생님이라는 소식에 아레이는 기분이 더 가라앉았다.

최악이다……. 최악도 이런 최악이 없다…….

히카루가 아키나가 있는 음악부의 부장이라는 점도 불안에 불을 지폈다. 아키나는 오빠에 관한 온갖 정보를 히카루에게서 캐내려 들 게 뻔하다.

"히카루 선배 피아노 무지 잘 친다? 아무리 어려운 곡도 악보 한 번 보면 다 외워. 하지만 동아리에서는 플루트를 불 거래."

식탁에서 눈을 반짝이며 떠드는 여동생의 말을 아레이는 괴로운 심정으로 들었다. 벌써 아키나는 히카루에게 무서운 속도로 접근하고 있는가 보다.

그 후로 카오스 고양이는 나타나지 않았다. 황천귀도 몸을 사리고 있는 듯했다. 아레이는 동쪽과 북쪽 본관에는 얼씬도 하지 않았고 학교에 혼자 남는 일도 되도록 피하려 했다.

단축 수업이 끝나고 동아리 활동이 시작되자 줄곧 팽팽하던 긴장의 끈이 차츰 느슨해졌다.

이나미 선생님은 동아리 지도에 별 의욕이 없었다. 연습을 봐주러 나타나는 일은 드물었고, 알아서 하라며 애들을 풀어놨다. 딱 한 번, 동아리 첫날에 운동장으로 불쑥 찾아와 육상부 전원에게 50미터 달리기 기록을 재게끔 했다.

가장 빨랐던 사람은 7학년 꺽다리 켄지였다. 나머지는 고만고만한 실력으로 결승선을 통과했다. 아레이는 간당간당하게 2위를 기록했다.

"좋아, 한 번 더. 이번에는 나도 뛴다."

이나미 선생님은 좋은 생각이 났다는 듯 외치며, 다시 한번 모두를 출발선에 세우고 그 끝에 자기도 섰다. 가죽 구두에 와이셔츠 차림 그대로.

출발과 동시에 이나미 선생님은 단숨에 모두를 따돌렸다.

켄지조차 역부족이었다. 아레이가 반쯤 갔을 무렵 선생님은 벌써 50미터 결승선에 골인했다.

"그럼, 열심히 해라!"

압도적인 실력을 선보인 이나미 선생님이 기분 좋게 손을 흔들며 교무실로 사라졌다.

"뭐야? 저 사람……"

헉헉 어깻숨을 쉬며 아레이가 중얼거리자 아연한 표정으로 선생님의 뒷모습을 바라보던 켄지가 눈을 끔벅거리며 말했다.

"와, 진짜 빠르다! 저 정도면 6초대에 끊겠는걸? 구두 신고 잘도 달리네……"

그러나 이나미 선생님이 의욕을 보인 건 그때 한 번뿐이었다. 담당 선생님도 없겠다, 역시 의욕 없는 부장인 아레이는 할 일을 잽싸게 부원들과 분담하기로 했다.

"일주일씩 돌아가며 당번을 정할 테니까, 당번은 그 주에 뭘 연습할지 생각해 와. 그럼, 먼저 켄지부터. 부탁할게."

켄지는 열의가 있는 아이였다. 학교 둘레 달리기와 스트레칭, 단체 연습으로 계획을 충실히 짜 왔다. 아레이와 다른 부원들은 켄지의 계획에 따라 연습하면 됐다.

학교 둘레를 뛰다 보면 준비 운동 삼아 달리는 탁구부와 스칠 때가 종종 있었다. 비실비실해 보이던 갈색 머리 9학년 콤비는 의외로 진지하게 구슬땀을 흘리며 달렸다. 촐싹대는 7학년 야스카와도 제법 성실하게 연습에 임하는 듯했다.

문제는 부장인 Q였다. Q는 언제나 달리기 줄 끝에 있었다. 심지어 모두와 한참 떨어져서 느긋하게, 거의 걷는 듯한 속도로 학교 둘레를 돌았다. 이따금 행렬을 이탈해 멀거니 하늘을 바라보기까지 했다.

잘해 보자더니. 하여간 속 편한 애라니까…….

의욕이라곤 티끌만큼도 없는 탁구부 부장 Q에게 아레이는 혀를 내둘렀다.

벌써 동아리에 흥미를 잃은 Q에 비해 아레이는 마지못해 들어간 것치고는 육상부 활동을 꽤 즐기고 있었다. 담당 선생님이 자리에 없어서인지 부장의 사기가 낮아서인지 육상부에는 여유롭고 자유로운 분위기가 감돌았다.

단체 연습이 끝나고 자율 연습 시간이 되면 아레이는 학교 둘레를 홀로 묵묵히 달렸다. 아스팔트에 울리는 발소리와 규칙적인 호흡, 심장 박동이 포개지고 공명하면서 몸을 움직여 가는 감각이 흥미로웠다. 자신을 붙잡으려는 중력을 뿌리치고 그저 앞으로 앞으로 끊임없이 발을 내밀어 나아가는 단순함이 시원하고 상쾌했다.

흐르는 땀방울을 봄바람이 어루만진다. 담벼락 너머 운동장에서 들리는 웅성거림도, 마을의 이런저런 소음도 몸속에서 끓어오르는 맥박에 묻혀 어느샌가 멀어진다.

아레이는 달리기에 빠져들었다. 심장은 찢어질 듯 두근거리는 데다 폐가 비명을 지르고 다리는 아프고 힘들었지만, 달리고 나면 또다시 뛰고 싶어졌다. 아레이는 퍼뜩 깨달았다. 달리는 동안은 머릿속이 텅 빈다는 걸. 수많은 기억이 달릴 때는 하나도 재생되지 않았다. 마치 처음부터 아무것도 없었다는 듯.

동아리 활동이 시작된 지 2주가 지난 점심시간, 교실에 둘만 남았을 때를 틈타 Q가 아레이에게 다가왔다.
"있잖아, 일단 탁구부 부원들은 다 접촉해 봤는데, 아니래."
"뭐가?"
묻자마자 아레이는 Q가 무슨 말을 하려는지 깨달았다.
"고양이 꿈."
예상한 답이 그대로 Q에게서 날아왔다.
"물어봤는데 다들 모르는 눈치더라."
"뭐라고 물어봤는데?"
차분히 캐묻는 아레이를 Q가 미간에 주름을 콱 새기며 답답하다는 듯 쳐다봤다.
"그야 당연히 '말하는 고양이 꿈 꿨어?' 하고 물었지."
"한 명 한 명한테?"
"그래."
"동아리 활동 중에?"

"어."

"다들 뭐라고 하던?"

이번 질문에 Q는 일순간 생각에 잠겼다.

"몰라. 아니면 그게 뭐야? 9학년들은 시끄럽댔어. 랠리 중에 물어봐서 그런가?"

아레이는 한숨을 참으며 조용히 고개를 가로저었다.

"그렇게 물으면 안 되지. 제대로 대답 안 하는 게 당연해."

Q가 입술을 실쭉거렸다.

"그러는 넌, 물어봤냐?"

아레이는 한 번 더 고개를 내저었다.

"아니, 아직."

Q는 비난 어린 눈으로 아레이를 보았다.

"야, 아레이. 제대로 해! 너 할 마음은 있어?"

누가 누구더러 할 소리냐고 말하고 싶었으나 아레이는 입을 다물었다. 잠자코 있는 아레이에게 Q가 말했다.

"너도 똑바로 물어봐. 탁구부랑 육상부를 다 확인하면 69명 중 9명은 완료라고. 전체의 약 13.04퍼센트야. 아, 히카루까지 합하면 10명이니까 약 14.49퍼센트다. 대충 전체의 15퍼센트네. 아무튼 힘내라."

그렇게 말하고 Q는 저벅저벅 걸어 교실을 나가 버렸다. 패기만만한 Q의 뒷모습을 아레이는 말없이 배웅했다.

솔직히 아레이는 임무를 척척 해낼 수 있을 것 같지 않았다. 거의 말을 붙여 본 적도 없는 육상부 부원에게 Q처럼 단도직입으로 물을 성격이 못 됐다. 아니, 그래서도 안 될 일이었다. "너 고양이 꿈을 꿨어?" 같은 질문을 하다니.

책상에 팔꿈치를 괴고 아레이는 이런저런 생각을 했다. 너무 몰두한 나머지 교실 뒤쪽 미닫이문이 스르륵 열린 줄도 몰랐다.

"저기."

말을 거는 소리에 아레이는 흠칫 어깨를 들썩였다. 돌아본 시선 끝에 히카루가 서 있었다.

"어?"

아레이는 긴장한 표정이었다. 히카루가 아레이와 Q에게 말을 거는 건 꼭 무슨 불만이 있을 때뿐이니까.

"이거."

히카루는 나지막한 목소리로 조그맣게 중얼거리며 아레이의 책상 위로 무언가를 슬쩍 내밀었다.

연노란색 편지봉투였다.

"뭐야, 이게?"

편지와 히카루의 얼굴을 번갈아 보던 아레이는 봉투에 쓰인 자신의 이름을 발견했다. 동글동글한 글씨로 '다시로 아레이 선배께'라고 적혀 있었다.

"전해 달래."

히카루가 흘깃 아레이를 보며 말했다.

"누가?"

"음악부의 오이시 하루코가. 7학년이야."

성가시다는 듯한 표정으로 답한 히카루는 아레이의 책상 옆에서 한 발짝 뒤로 물러났다.

"그럼, 난 전해 줬다. 잘 읽어."

"몰라 난. 걔가 누군데?"

당황한 아레이가 히카루에게 물었다. 물론 아레이는 오이시 하루코라는 이름은 알았다. 전교생 71명의 이름을 전부 외우고 있으니까. 그러나 그 아이와 말해 본 적은 없다. 편지를 받을 만한 이유를 전혀 짐작할 수 없었다.

"넌 몰라도 저쪽은 알아."

히카루가 퉁명스럽게 말했다.

"건들거려도 똑똑해서 멋있다나? 너 모의고사 1, 2등도 자주 한다면서?"

"난 건들거린 적 없는데."

아레이는 괜한 말을 한 자신에게 짜증이 치밀어 입안이 깔깔했다.

"과연?"

히카루는 아레이가 주춤대는 걸 알아챘는지 조금 짓궂게 물어 왔다.

"오리엔테이션에 지각하고, 남으라는 선생님 말까지 어긴 일이 건들거린 게 아닌가?"

맞받아칠 말이 생각나지 않았다. 아레이는 입을 다무는 수밖에 없었다.

의기양양해진 히카루는 연노란색 편지봉투를 가리키며 쐐기를 박았다.

"똑바로 읽어."

"모르는 애가 쓴 편지를 왜 읽어야 하는데? 필요 없으니까 도로 갖다줘."

필사적으로 거부하는 아레이에게 히카루는 입꼬리를 들어 올리며 피식 웃었다.

"나야 상관없지만 그럼 다음번엔 분명 아키나가 이 편지를 전해 주러 올걸?"

"뭐라고?"

푹 하고 심장을 찔린 느낌이다. 절대로 있어서는 안 될 일이었다. 아키나는 그날로 가족이며 친구들에게 떠벌리고 다닐 게 틀림없다.

예전에도 그랬다. 신문부였던 아키나는 집안일을 조목조목 학교 신문에 써 올린 전력이 있다. 부모님의 사소한 다툼부터 아레이가 밸런타인데이 때 받은 초콜릿 개수의 추이, 엄마의

요리법까지 별의별 정보를 실었다. 아레이는 아키나가 식탁 위에 올려놓았던 신문 기사를 토씨 하나까지 고스란히 떠올릴 수 있었다.

안 돼……. 그건 절대 안 돼.

입을 꾹 다문 아레이가 답답했는지 히카루는 결국 아레이 책상으로 다가와 손을 뻗는 시늉을 했다.

"알았어. 그럼 돌려줄게."

히카루가 거둬들이려는 편지봉투를 아레이가 두 손으로 눌러 잡았다.

"됐어……"

아레이는 쥐어짜듯이 중얼거렸다.

"내가 알아서 할게."

"그래."

히카루는 다시 쓱 물러났다. 그리고 아레이에게 못을 박았다.

"받기만 하지 말고 제대로 읽기다."

아레이는 읽을 마음 따위 없었지만 적당히 끄덕거렸다. 그런데 히카루는 그런 아레이의 속마음이 보이는 모양이다. 꼭 그 카오스 고양이처럼.

"안 읽고 버리기만 해. 답을 원한다고 했으니까."

"무슨 답?"

아레이는 힘없이 봉투를 바라보며 물었다.

"읽어 보면 알아."

히카루는 거듭 다짐을 놓듯 말을 이었다.

"아무튼 잘 읽고 답장해 줘. 하루코는 귀엽지만 끈질긴 성격 같거든. 똑바로 답장 안 하면 2탄, 3탄 편지가 올지도 몰라."

교실 앞 미닫이문이 세차게 열리고 조금 전에 나갔던 Q가 돌아왔다. 아레이는 얼른 책상에 놓인 편지봉투를 덥석 움켜쥐어 교복 재킷 주머니에 찔러 넣었다.

"야, 아레이. 나 5교시 사회 교과서 깜박했는데 같이 보자."

Q가 생글거리며 다가왔다. 히카루는 벌써 아무 일도 없었다는 듯 제자리에 앉아 있었다.

Q는 제 책상을 덜컹덜컹 끌어다 아레이 책상에 붙였다. 아레이는 들키지 않도록 미묘하게 부푼 주머니를 꾹 누른 다음 자연스럽게 Q에게서 몸을 떨어트렸다. 나쁜 짓을 한 것도 아닌데 식은땀이 나려 했다.

최악이다. 정말이지 최악 중에서도 초대형 최악!

아레이는 새초롬한 히카루의 옆얼굴을 잠시 노려본 뒤 또 한 번 한숨을 삼켰다.

동아리 활동이 끝난 후 집으로 돌아온 아레이는 자기 방으로 직행했다. 그사이 아키나와 마주치지 않아서 다행이었다.

교복 갈아입는 시간도 아까워 일단 주머니에서 문제의 편지를 꺼냈다. 바퀴벌레 사체라도 집는 듯한 손놀림으로 편지를 책상 옆 쓰레기통에 던져 넣었다가 이내 다시 주워 들었다.

이런 곳에 버릴 수는 없다. 엄마나 아키나가 발견할지도 모르니까. 들킬세라 살금살금 움직이는 자신의 꼴이 화가 났다. 왜 생판 모르는 남이 멋대로 보낸 편지 때문에 숨죽여 행동해야 하는지 분노가 치밀었다.

부엌문 뒤 음식물 쓰레기통! 그 통 깊숙이 묻어 주마!

하지만 그 순간, 아레이는 금세 또 불안해졌다. 오이시 하루코라는 끈질긴 성격의 7학년 여자아이가 히카루 말마따나 만약 2탄, 3탄 편지를 보내온다면? 만에 하나 그 편지를 음악부 후배인 아키나를 통해 전달하려 한다면 어떻게 될까? 사태는 더욱 악화될 게 뻔하다. 아키나가 끼기만 하면 늘 엉망진창이 되니까.

도망치면 안 돼. 확실히 종지부를 찍어야 해.

아레이는 스스로를 타일렀다. 당황하지 말고 침착하게. 편지를 읽고 먼저 상대의 용건을 파악한 뒤 대처한다. 그뿐이다. 의외로 별 내용 아닐 수도 있다.

그렇게 자신을 다독이며 아레이는 연필꽂이에서 가위를 꺼내 깔끔하게 봉투 끝을 잘랐다. 안에는 연한 하늘색 편지지 두 장이 두 번 접혀 들어 있었다.

편지지를 꺼내 펼쳐 내용을 읽은 순간, 아레이는 머리를 한 대 맞은 듯한 충격에 숨이 막혔다.

> 아레이 선배,
>
> 7학년 오이시 하루코예요. 친구들은 다 하루라고 부르니까 괜찮다면 선배도 그렇게 불러 주세요. 오늘 편지를 쓴 건 사실 선배에게 하고 싶은 말이 있어서예요.
>
> 사실 저 아레이 선배 왕팬이고 선배를 정말, 정말, 정말, 정말 좋아해요. 만약 선배도 괜찮다면 선배의 여자 친구 해도 될까요?
>
> 답장해 주시면 기쁠 거예요.
>
> 모레 목요일, 방과 후 체육관 뒤에서 기다릴게요.
>
> > 아레이 선배의 왕팬♡
> >
> > 하루코 올림

왕팬, 좋아해요, 선배의 여자 친구……. 단어 몇 개가 날카로운 송곳처럼 아레이를 푹 찔러 머리가 어질어질했다.

뭐야……. 뭐지? 뭐냐고!

왜? 대체 왜? 어째서 이렇게 되지?!

한 번도 만난 적 없는 애였다. 아니, 만난 적은 있다. 오리엔테이션으로 7, 8, 9학년이 다목적실에 모였을 때다. 쉬는 시간이 되자마자 히카루에게 다가와 친근하게 굴던 7학년 여자애.

그게 하루코였다. 그러나 아레이와 말을 섞은 적은 없다. 대화도 한 적 없는 사람의 왕팬이 되고 정말, 정말, 정말, 정말 좋아할 수 있다니 아레이는 믿을 수 없었다.

왜 이런 짤막한 편지에 '사실'을 두 번씩이나 쓰지? '괜찮다면'도 두 번이나 들어가고. 괜찮을 리가 있겠냐?

아레이는 망연히 편지를 바라봤다.

설마 이것도 황천귀가 일으킨 재앙인가?

"웃기지 마!"

아레이는 자신이 누구를 향해 분노의 말을 내뱉는지 몰랐다. 편지를 보낸 하루코? 재앙을 부른 황천귀? 편지를 가져온 히카루? 아니면 이런 일에 보기 좋게 휘말리고 만 자기 자신?

"거절해 주지, 이까짓 거."

편지지를 갈기갈기 찢고 싶은 충동을 꾹 참고 아레이는 갈라진 목소리로 중얼거렸다.

음식물 쓰레기통이라고 안전하다는 보장은 없었다. 주위에서 온갖 이상한 일이 벌어지는 마당에 편지가 엄마나 아키나 손에 어쩌다 들어가는 것도 가능성 없는 일은 아니니까. 가장 깔끔한 해결은 편지를 보낸 사람에게 되돌려주는 것이다.

그래, 목요일 방과 후에 얼른 편지를 돌려주고 두 번 다신 이런 짓 하지 말라고 해야지. 진심으로 민폐라고……. 그나저나 체육관 뒤라는 식상하기 짝이 없는 장소 선정은 뭐람?

아레이의 머릿속에 헤실헤실하는 하루코의 얼굴이 떠올랐다. 삭제 기능을 상실한 자신의 기억 시스템을 저주하며 아레이는 한숨을 지었다.

방과 후

목요일, 모든 수업을 마치고 아레이는 Q와 히카루가 교실을 나가는 걸 확인했다. 그 후 홀로 체육관 뒤편으로 향했다.

체육관은 북동쪽 구석에 있어, 학교 건물과는 동쪽 복도 끝에 난 쪽문으로 이어져 있다. 그러나 아레이는 중앙 현관에서 신발을 갈아 신은 뒤, 밖을 빙 둘러 체육관까지 걸어갔다. 최단 거리였기 때문이다.

서쪽 본관 모퉁이에서 아레이는 건너편을 슬그머니 살폈다. 주변에 아무도 없었다. 수상쩍게 보일까 봐 벌벌 떠는 자신이 한심했지만 별수 없었다. 쪽문에도, 그 너머로 체육관과 연결된 통로에도 사람은 없다. 선생님들은 교직원 회의 중일 테고, 학생들은 대부분 하교하고 없을 때였다.

학교 뒤로는 동쪽을 향해 왼편에 체육관, 오른편에 수영장이 있다. 아레이는 죽 이어진 콘크리트 통로를 가로질러 체육관 남쪽 벽과 수영장 사이를 지나갔다. 인기척은 없었지만 당장에라도 누군가와 딱 마주칠까 봐 조마조마했다.

체육관 모퉁이에 다다라 거기서 분리수거장을 들여다본 아레이는 "흡." 하고 숨을 삼켰다.

Q가 있었다.

체육관 뒤편으로 학교와 마을 사이에 담벼락이 둘러쳐 있다. 담벼락과 체육관 벽 사이에는 주차장이 있고, 차가 드나드는 출입문은 북쪽이다. Q는 주차장과 마주 보는 체육관 벽 쪽 분리수거장 앞에 있었다. 흰색 자동차에 축 늘어지듯 기대 핸드폰을 만지작거리는 듯했다.

쟤가 왜 여기에 있지? 편의점 간다고 하더니.

모퉁이에서 기웃거리는 아레이의 모습을 발견하고 Q도 "어라?" 하고 목소리를 높였다.

장난 편지였던 게 아닐까? 아무에게나 편지를 돌린 다음, 누가 그 미끼를 무는지 어디선가 지켜보면서 낄낄거리고 있지 않을까?

아레이는 불끈 피가 거꾸로 솟는 것 같았다. 슬쩍슬쩍 주변을 살피면서 재빨리 Q 옆으로 다가가 속삭이듯이 물었다.

"너도 편지를 받은 거야?"

Q는 고개를 갸웃거렸다.

"편지? 무슨 편지? 난 아까 신발장에서 7학년 어쩌고란 애가 불러서 왔을 뿐인데."

"불렀다고?"

아레이가 되묻자 Q는 끄덕이며 계속했다.

"응. 9학년 어쩌고가 할 말이 있다고 체육관 뒤에서 기다리라고 했대."

"뭐? 9학년 어쩌고?"

9학년에 여자는 없다. Q에게 할 말이 있다는 사람은 갈색 머리 둘 중 하나일 거다.

다른 용건? 우연히 같은 타이밍, 같은 장소에서?

Q는 희한하다는 듯 고개를 갸우뚱하며 아레이에게 물었다.

"너도 불러 나온 거냐? 9학년 어쩌고한테?"

"아니……. 난 다른 일."

아레이는 짤막하게 대꾸하고 Q가 더 캐묻기 전에 급히 말을 돌렸다.

"혹시 9학년한테 잘못 보였냐?"

"엥?"

Q는 정말 이유를 모르겠다는 듯 아레이를 쳐다봤다.

"너, 9학년을 화나게 했지?"

"아냐."

딱 잘라 대답하는 Q를 보며 아레이는 분명 자기 생각이 맞을 거라 확신했다. 저 무성의한 태도, 협조성이라고는 하나도 없는 개인주의를 보고 동아리 활동을 진지하게 생각하는 9학년 둘이 달가워할 리 없었다. 그러고 보니 요즘 9학년과 그 7학년 앞잡이 야스카와가 함께 있는 모습을 이따금 본 적 있었다. Q가 말한 7학년 어쩌고란 아이는 분명 야스카와일 것이다.

그때, 조금 전 아레이가 걸어온 체육관과 수영장 사잇길에서 말소리가 들려왔다.

"혼 좀 내 주자고."

"매운맛 좀 봐야 정신 차리지. 부장다운 구석이 없다니까."

"정말 그렇다니까요!"

9학년 둘과 7학년 야스카와의 목소리였다.

일 났다……

다가오는 기척을 피해 아레이는 엉겁결에 반대쪽으로 뛰며 Q에게 말했다.

"가자!"

"엥? 만나기로 한 건?"

아레이는 답답하다는 듯 외쳤다.

"아직 상황 파악이 안 돼? 도망치자고!"

"어? 또?"

Q는 어쩐지 좀 신난다는 듯이 되물으며 달리기 시작했다.

"튀었어!"

체육관 모퉁이를 돈 9학년 갈색 머리가 달아나는 아레이와 Q를 발견하고 외쳤다.

"야! 거기 서!"

쫓아오는 발소리가 들렸다. 아레이와 Q는 속도를 올려 체육관 북동쪽 모퉁이에 다다랐다. 그런데 순간, 눈앞의 모퉁이 너머에서 들려오는 들뜬 목소리에 아레이는 가슴이 철렁했다.

"선배, 어떨 거 같아요? 아레이 선배가 정말 왔을까요……"

아…… 큰일 났다! 이 목소리는 하루코!

아레이가 모퉁이 코앞에서 급정지하는 바람에 뒤따라오던 Q가 푹 고꾸라졌다.

"으악! 뭐야, 갑자기!"

미처 멈추지 못한 Q에게 부딪혀 아레이의 몸이 앞으로 밀려났다. 거기에 방금 모퉁이를 꺾은 두 명의 그림자가 겹쳤다.

"꺄악!"

아레이와 Q, 나머지 둘……. 체육관 모퉁이에서 네 사람이 정면충돌한 순간, 주위의 공기가 흐물흐물 커다란 힘에 비틀리듯 뒤틀어졌다. 그리고 수영장 물 아래로 잠수할 때처럼 모든 소리가 끊겼다.

"뭐지? 어떻게 된 거야?"

누군가 중얼거렸다. Q는 두리번거리고 있었다. 아레이는 말소리가 난 쪽으로 시선을 돌렸다. 그러나 아레이가 뭐라 말하기 전에 Q가 먼저 입을 뗐다.

"뭐야? 히카루잖아? 너 왜 여기 있어?"

싸늘한 눈총을 날리는 히카루 옆에는 아레이에게 편지를 보낸 하루코가 오도카니 서 있었다. 머리카락이 곱슬곱슬한 하루코가 별안간 환한 목소리로 말했다.

"다시로 선배! 역시 와 주셨군요!"

Q가 눈을 동그랗게 뜨고 하루코를 쳐다보며 아레이에게 물었다.

"쟤는 누구야? 다시로는 누구고?"

아레이는 두 질문 중 하나만 답했다.

"다시로는 나야."

"어? 뭣?"

Q는 멀뚱히 아레이와 하루코를 번갈아 보았다.

"그럼, 너 얘랑 여기서 만나기로 했냐?"

"그런 거 아니거든."

아레이는 히카루보다 더 부루퉁하게 말했다. 하루코는 개의치 않고 여전히 얼빠진 목소리로 눈을 반짝이며 아레이를 쳐다보았다.

"진짜 기뻐요! 다시로 선배, 안 오실 줄 알았어요!"

어색한 침묵이 흘렀다. Q가 한 번 더 하루코와 아레이를 가리키며 같은 질문을 되풀이했다.

"그러니까 얘랑 너랑 여기서 만나기로 한 거지?"

"아니라니까."

쓸데없이 입씨름하는 아레이와 Q를 한심하게 쳐다보며 히카루가 톡 쏘듯 말했다.

"갑자기 튀어나오면 어떡해! 하마터면 플루트 떨어트릴 뻔했잖아. 왜 뛰었는데? 도망이라도 치는 중이었어?"

"아……. 참, 그 애들은?"

Q가 뒤를 돌아보았다. 방금 지나온 체육관 동쪽 길은 텅 비어 인적이 없었다.

"그 애들이라니, 누구?"

히카루의 물음에 Q가 대답했다.

"9학년 어쩌고랑 7학년 저쩌고."

"그렇게 말하면 어떻게 알아!"

히카루가 짜증을 내며 아레이 쪽으로 시선을 옮겼지만, 아레이는 히카루의 말이 들리지 않았다. 그저 학교 밖 풍경에 시선을 빼앗긴 채 숨을 죽였다.

담벼락 너머를 새하얀 안개가 뒤덮고 있었다. 마을이 안개에 잡아먹혔다.

"안개다……"

아레이의 입에서 새어 나온 말에 Q도 담벼락 밖을 봤다.

"윽!"

Q가 굳었다.

"굉장해. 새하얗네요!"

하루코가 눈을 휘둥그레 뜨며 주차장 출입문으로 다가섰다.

"근데…… 이 안개, 왜 담벼락 안으로 안 넘어오지?"

히카루는 안개가 부자연스럽다는 걸 알아챈 듯했다.

안개는 담벼락 밖 풍경을 집어삼키며 학교 상공까지 폭 뒤덮었다. 그러나 담벼락 안쪽으로는 조금도 들어오지 않는다. 먼젓번과 같다. 본관과 중앙 정원을 빼고 희뿌연 안개가 주위를 둘러쌌듯이, 지금은 학교 밖 세상을 안개가 덮고 있다.

소리도 들리지 않는다. 마을의 웅성거림이나 지저귀는 새소리 그 무엇도 들리지 않는다. 냄새도 나지 않는다. 흙냄새도 봄바람 내음도 온데간데없다.

"그림자계야……"

아레이는 무심결에 중얼거렸다. 무언가가 심장을 꽉 움켜쥔 듯 답답했다.

"엥? 진짜로?"

Q가 불안스레 아레이를 쳐다봤다.

아레이는 확신했다. 여기는 그림자계 안이라고. 이 학교는 환상이라고. 본관도 체육관도 담벼락도 분리수거장도 죄다, 모조리 잘 만들어진 가짜다. 심지어……

"넓어졌어……"

아레이가 소리 내어 말했다.

"그림자계가 넓어졌어."

Q가 휘휘 주변을 살폈다. 예사롭지 않은 두 사람의 행동에 히카루와 하루코가 불안한 듯 얼굴을 마주 봤다.

지난번에는 본관과 중앙 정원까지만 그림자계였는데, 지금은 학교 담벼락 안 전체로 확장되었다. 스멀스멀 가슴속에서 공포가 피어올랐다.

아레이는 환상의 학교 이곳저곳을 살폈다. 외눈박이 그림자들이 또 어딘가에서 나타날지 모른다.

"가자."

아레이가 Q에게 말했다.

"어디로?"

"동쪽 본관 1층."

Q의 물음에 간략하게 대꾸한 뒤 아레이는 걸음을 뗐다.

"잠깐만! 대체 무슨 얘긴데?"

히카루가 물었지만 아레이는 돌아보지 않고 계속 걸었다.

"일단 따라와! 아직 그 정사각형 교실이 있다면……. 그 빈틈이 막히지 않았다면 거기로 빠져나갈 수 있어."

"네? 어디요? 무슨 말이에요?"

하루코가 계속 재잘재잘 물었지만 아레이는 앞만 보고 걸었다. 문득 한 가지 의문이 머리를 들었다.

근처에 있던 9학년 둘과 7학년 야스카와는 어째서 여기로 넘어오지 않았을까? 그런데 왜 히카루와 하루코는 그림자계로 들어와 버린 걸까?

고양이가 그랬다. 천신은 이쪽 사정은 거들떠보지도 않고 깃든이를 그림자계로 보낸다고. 단순한 사고일까? 천신이 아레이와 Q를 보내려는 순간 부딪쳐 뒤엉킨 히카루와 하루코까지 그만 모두 그림자계로 보내진 걸까? 단지 그뿐일까?

그게 아니라면······.

아레이는 걸음을 재촉했다. 아까 달려온 길을 되짚어 동쪽 본관 쪽문으로 들어갈 작정이었다. Q와 히카루, 하루코도 아레이를 뒤따라왔다.

수영장 옆을 지나 드디어 쪽문에 다다르자 아레이는 발을 멈추었다. 손잡이를 돌려 보니 문은 잠겨 있지 않았다. 후, 안도의 한숨이 새어 나왔다.

아레이가 문을 열고 안으로 들어가려는데 뒤에서 히카루가 목소리를 높였다.

"잠깐! 신발 벗어야 할 거 아니야?"

원래라면 본관에 신발을 벗고 들어가는 게 규칙이었다. 그러나 여기는 진짜 학교가 아니다.

"상관없어."

아레이는 설명하기 귀찮아서 곧장 발을 내디뎠다.

"네? 진짜 이래도 돼요?"

하루코가 우물쭈물했다.

Q가 주춤거리는 둘 사이를 지나 안쪽으로 들어왔다. 동쪽 복도로 향하기 전, 아레이는 마지막으로 한 번 더 히카루와 하루코를 돌아보고 말을 건넸다.

"빨리 와. 괜찮으니까. 이 학교에 선생님은 없어. 우리한테 뭐라고 할 사람 없다고."

이곳은 환상의 학교니까, 하고 덧붙이고 싶었지만 아레이는 말을 삼켰다.

그때였다. 쥐 죽은 듯했던 고요를 뒤흔들며 목소리가 울려 퍼졌다. 머릿속을 박박 긁는 듯 소름 끼치는 그 목소리가.

"기이…… 기이…… 기이…… 기이……. 기잇…… 드은…… 기잇……"

귀를 틀어막고 싶은 소리에 아레이는 이를 악물며 두리번거렸다. 외눈박이 그림자의 모습은 보이지 않는다. 그러나 목소리만큼은 또렷이 들렸다. 그림자 괴물이 웃고 있다. 끼익 끼익 삐거덕대는 듯한 목소리로 웃는다.

"어서 오라고! 신발 안 벗어도 되니까!"

아레이는 고함을 치며 복도로 뛰어들었다.

히카루와 하루코도 그제야 뒤따라왔다.

아레이는 터널같이 을씨년스러운 복도 모퉁이에 서서 그 환상의 교실을 찾았다.

헐크

"없어!"

아레이 옆에서 Q가 외쳤다.

지난번에 아레이가 발견한 여섯째 교실은 보이지 않았다. 혹시 몰라 아레이는 복도를 뛰며 동쪽 본관 전체를 샅샅이 훑었다. 하지만 없다. 사라지고 말았다. 복도에는 교실 미닫이문 다섯 개가 당연하다는 듯 줄지어 있을 뿐이다.

"빈틈이 사라졌어……"

중얼대는 아레이에게 뒤따라온 히카루가 쏘아붙였다.

"어떻게 된 거야?! 뭐가 뭔지 설명 좀 해!"

"지난번 빈틈이 사라졌다면 이번엔 어디로 가야 하지? 어떻게 그림자계에서 탈출하지?"

계속 중얼거리는 아레이에게 히카루가 폭발하듯 또 질문을 던졌다.

"빈틈이 대체 뭔데! 그림자계는 뭐고?"

"선배!"

그때 하루코가 쇳소리를 내며 히카루의 팔에 매달렸다.

"뭐가 와요! 봐요, 저기! 복도 끝!"

탈출구를 찾으려고 주위를 둘러보던 아레이와 Q도, 씩씩거리던 히카루도 일제히 하루코가 가리키는 곳을 바라봤다.

"뭐야…… 저게?"

히카루가 한 걸음 물러났다. 조금 전 지나온 복도 모퉁이에서 모락모락 허연 게 흘러들었다.

안개다!

아레이는 서서히 이쪽으로 흘러오는 안개를 보며 헉하고 숨을 삼켰다. 새하얀 안개 속에서 퐁 하고 부푸는 거품이 보였다. 보글보글한 하얀 거품 속에서 무언가가 떠올랐다.

"눈알이야!"

Q가 소리쳤다.

"으아아악! 저게 뭐야?"

하루코가 기겁을 했다.

큼지막한 거품이 퐁 하고 튀었다. 거품이 터지며 눈알도 함께 사라졌다. 곧 또다시 안개 속에서 거품이 퐁퐁 부풀기 시작했다. 그리고 방울방울마다 눈알이 생겼다가 튕겨 나가는 거품과 함께 사라졌다.

뿍, 뿌글, 뽁, 뽀글…….

이쪽에서도 저쪽에서도 눈알이 나타나서 튕겨 나간다.

"꺅! 징그러워!"

하루코가 소리를 질러댔다. 네 사람은 복도 한가운데 뻣뻣하게 굳은 채 우두커니 서 있었다. 달아나야 한다는 생각과 무슨 일이 벌어지는지 두고 봐야 한다는 생각이 아레이의 마음속에서 서로 싸웠다.

안개는 느릿느릿 흘러들었다. 서서히, 천천히 거품 눈알을 튕겨 내며 복도를 기어 온다. 꿈 같은 상황에 멍해진다. 영상 속으로 빨려 드는 것처럼 이 희한한 모습을 계속 보고 싶은 기분마저 들었다. 한편으로는 등을 돌려 도망치는 순간, 저 안개가 와락 덮쳐 올 것만 같아 발이 얼어붙었다.

옴짝달싹 못 하는 네 사람 앞에서 불쑥, 하얀 기둥이 치솟았다. 안개 기둥이 부글대며 천장까지 쑥쑥 자라나더니 꼭대기에 눈알 하나가 나타나 네 사람을 희번덕거리며 굽어보았다.

"아……!"

누군가가 소리를 높인 그때, 흐르는 안개에서 하얀 기둥 여러 개가 한꺼번에 솟았다. 다섯…… 열…… 스물……. 하얀 기둥 꼭대기에 눈알이 하나씩 나타나더니 아지랑이처럼 어른거리며 순식간에 사람 형체로 변했다. 그리고 별안간 숲을 뒤집어쓴 듯 새까맣게 물들었다.

"그림자 괴물이다!"

Q의 외침을 신호로 누구보다 빠르게 뛰쳐나간 사람은 하루코였다. "꺅!"인지 "왁!"인지 엄청난 비명을 내지르며 남쪽 본관으로 달려갔다.

외눈박이 그림자들이 쇠붙이끼리 스치는 듯한 소리로 부르짖었다.

"깃든이이, 깃든이이, 깃든이이!"

기잇, 기잇, 기잇 하고 울리는 그림자들의 목소리가 머릿속을 긁었다. 괴물들은 계속해서 다가왔다.

"깃든이이, 깃든이이, 깃든이이……"

그림자가 뭉게뭉게 검은 갈기처럼 나부꼈다. 외눈박이 그림자 괴물들이 물컹물컹한 팔을 올려 뻗으려는 순간, 아레이는 퍼뜩 정신을 차리고 외쳤다.

"도망쳐!"

Q와 히카루는 벌써 하루코를 뒤따라 달리고 있었다. 아레이도 홱 등을 돌려 달음박질했다. 쿵쿵 심장이 뛰고 온몸에서 왈칵 식은땀이 쏟아졌다.

맨 먼저 도망친 하루코는 모퉁이 뒤로 사라져 보이지 않았다. 뒤늦게 Q와 히카루, 마지막으로 아레이가 남쪽 본관으로 뛰어들었다. 뒤에서 주문을 외는 듯한 그림자들의 목소리가 쫓아왔다.

"기이잇든…… 기잇 기잇……. 깃든이이…… 기잇 기잇……. 깃든이이……"

어디냐! 어디야! 빈틈이 어디냐고!
아레이는 남쪽 복도를 달리면서 어딘가에 그 정사각형 교실이 나타나지는 않았는지 필사적으로 찾았다. 그러나 남는 문, 남는 교실은 없었다.

앞의 세 사람은 서쪽 본관으로 모퉁이를 돌았다. 아레이는 슬쩍 뒤를 돌아보았다. 그림자 괴물들이 가느다란 팔을 뻗고 주르르 복도를 걸어왔다.

"깃든이이…… 기잇……. 깃든이이…… 기잇…… 기잇…… 기잇."

따라오는 목소리를 떨쳐 내듯 아레이는 모퉁이를 꺾어 내달렸다.

중앙 현관으로 접어들자마자 유리문 밖으로 시선을 던졌다. 안개가 보이지 않는다. 저번에는 학교 건물 바로 밖까지 안개로 가득했는데, 그림자계가 넓어지면서 안개도 교문 너머로 밀려난 듯했다.

아레이는 북쪽 본관을 향해 달리는 Q를 불러 세웠다.

"Q, 밖으로! 중앙 현관을 통해 나가자!"

"알았어!"

되돌아 뛰어오는 Q와 함께 히카루와 하루코도 중앙 현관 쪽으로 달려왔다. 그런데 하루코는 중앙 현관을 쌩 지나쳐 계속 내달렸다.

"하루코!"

히카루가 불렀지만 멈출 생각이 없어 보였다.

하루코가 달려간 곳은 교무실 앞이었다. 끼익 멈춰 서기 무섭게 하루코는 온 힘을 다해 문을 열어젖히고 소리쳤다.

"선생님!"

아레이는 속으로 혀를 찼다.

아무도 없다고 했을 텐데.

"선생니임! 모두 어디 가셨지?"

하루코는 당장에라도 울음을 터트릴 듯한 목소리로 선생님을 찾았지만 교무실 안은 텅 비어 있었다.

"으아아!"

Q가 중앙 현관의 커다란 유리문에 매달려 외쳤다.

"문이 안 열려! 망할! 여기도 틀렸어!"

"선생님! 선생니임!"

하루코가 절규했다.

"어째서? 밖에서 잠글 수 없는 문인데!"

아레이는 Q에게 뛰어갔고, 히카루는 교무실 문 앞에 선 하루코에게 말없이 다가갔다.

아레이는 덜커덕거리는 문손잡이를 가로에서 세로 방향으로 돌리며 힘껏 문을 밀었다.

"안 돼……."

당겨도 보았으나 여전히 문은 꿈쩍도 하지 않는다. 곧장 옆문으로 옮겨 다시 한번 잠금을 푼 뒤 밀고 당겨 보았으나 마찬가지였다.

"안 되겠어. 아무 교실이나 들어가서 창문을 통해 밖으로 나가자."

아레이는 Q와 함께 복도로 돌아왔다. 그런데 남쪽 본관으로 이어지는 모퉁이에서 외눈박이 그림자들이 슬슬 밀려왔다.

"다시로!"

하루코를 끌고 온 히카루가 아레이를 불렀다.

"다시로가 누군데?"

Q의 멍청한 질문을 무시하며 아레이가 반대쪽으로 달리려는 순간.

"저기 봐!"

히카루의 외침에 뒤를 돌아보자 북쪽 본관으로 이어지는 복도 모퉁이에서 또 한 무리의 그림자들이 모습을 드러냈다.

"포위당했다……."

아레이는 온몸의 핏기가 가시는 것만 같았다. 심장 박동이 쿵쿵 머리까지 울리고, 얼어붙을 듯한 공포가 온몸을 감쌌다.

"꺄아아아아아!"

하루코가 요란스레 비명을 내지르며 히카루에게 매달렸다.

"선배! 보, 복도! 바닥 봐요!"

퍼뜩 발밑을 본 아레이는 저도 모르게 뒷걸음질했다.

"따…… 땅거미……."

아레이 옆에서 Q가 멍하니 중얼거렸다. 아레이의 성은 까먹은 주제에, 소름 끼치는 거미의 이름은 외운 모양이다.

거미들은 네 사람의 몸에서 피어오르는 공포의 냄새에 이끌려 왔을 것이다. 기다란 다리를 바스락바스락 움직이며 까만 얼룩처럼 중앙 현관으로 몰려오고 있었다.

"아…… 안 돼. 무서워하지 마."

아레이는 떨리는 목소리로 스스로를 다독이듯 말했다.

"공포의 냄새가 땅거미 떼를 부른 거야. 그러니까…… 무서워하면 안 돼."

"그게…… 가능하냐고."

Q가 도리질하며 말했다.

아레이도 Q의 말에 동의했다. 좌우에서 스멀스멀 밀려오는 외눈박이 그림자들과 그 발밑에 엉겨 붙어 기어 오는 땅거미 떼. 억누르려고 해도 마음속에서 공포가 점점 커져 갔다.

"긋든이이…… 기잇…… 기잇…… 기잇……?"

코앞까지 다가온 그림자들은 어딘가 신나 보였다. 이대로 네 사람을 공포로 삼켜 버릴 수 있겠다고 여기는지도 몰랐다.

아이들은 그림자 무리와 땅거미 떼를 피해 닫힌 중앙 현관 쪽으로 슬금슬금 뒷걸음질했다. 이윽고 유리문에 가로막혀 더 이상 피할 곳이 없자 아레이와 Q, 히카루는 지푸라기 잡는 심정으로 문에 달려들어 무작정 흔들어 댔다. 하루코만이 얼어붙은 채 한쪽 문에 등을 기대어 중앙 현관으로 다가오는 그림자와 거미들을 휘둥그레 바라보고 있었다.

"제발! 열리라고!"

히카루가 두 손바닥으로 두꺼운 유리문을 퍽퍽 두들겼다.

"젠장! 젠장!"

Q는 문을 발로 찼다. 아레이는 묵묵히 반복해서 힘껏 문으로 몸을 날렸다.

그림자 괴물들은 마침내 신발장 앞까지 다가왔다. 그 발밑에 땅거미들이 우글거렸다.

"긋든이이…… 기잇…… 기잇…… 긋든이이."

"오지 마아아아아악!!!"

그림자들의 목소리를 가르며 하루코의 비명이 중앙 현관에 울려 퍼졌다. 그리고 우지직, 와자작! 우렁찬 굉음이 주위를 흔들었다. 아레이는 반사적으로 소리 나는 쪽을 돌아보았다.

"무슨 일이야?"

Q도 황급히 몸을 돌렸다.

"어?"

히카루가 헉하고 숨을 들이쉬었다. 중앙 현관 유리문 한 짝이 사라졌다. 아니, 아예 벽에서 뜯겨 나가는 중이었다.

"어어어어엇?!"

Q가 소리를 내질렀다.

하루코가 유리문을 잡아떼고 있었다. 마침내 두꺼운 유리문이 벽에서 떨어져 나오자 힘껏 머리 위로 들어 올렸다. 점점 다가오는 그림자들에게 던지기라도 할 듯이.

"내가…… 오지…… 말라고…… 했지!"

하루코는 진짜로 유리문을 그림자들에게 날려 버렸다.

와작! 와장창! 쿠당탕……. 문은 무시무시한 소리를 내며 외눈박이 그림자 무리 한가운데에 명중했다. 그림자들의 몸이 거무스름한 안개가 되어 갈가리 흩어지는 게 보였다. 땅거미들은 검은 파도처럼 삭 물러갔다.

"어엇? 어어어어엇?!"

Q가 한 번 더 고함쳤다. 하루코가 남은 유리문 한 짝을 또 뜯어내려 했기 때문이다. 문은 우두둑 소리를 내며 아주 손쉽게 벽에서 떨어졌다. 곧이어 오른쪽에서 다가오는 그림자 무리를 향해 문이 날아갔다. 괴물들은 찍소리도 못 내고 까만 안개

가 되어 흩어졌다.

깃든이다!

아레이는 눈을 크게 뜨고 속으로 외쳤다.

분명 깃든이야. 천신은 하루코에게 엄청난 힘을 능력으로 주었구나!

마지막으로 하루코가 왼쪽에서 다가오는 그림자 무리를 신발장을 넘어트려 짓뭉개는 걸 보고 Q가 또다시 소리쳤다.

"어어엇! 진짜냐?!"

"하루코……."

말문이 막힌 히카루가 속삭이듯 부르자 하루코는 빙그르 이쪽을 돌아보았다. 그러고는 놀란 히카루에게 느닷없이 매달리며 어리광을 부렸다.

"선배애! 무서웠어요!"

입을 떡 벌리고 하루코를 보던 Q가 불쑥 말했다.

"여자애들은 정말 알 수가 없다니까."

Q는 바닥에 나뒹구는 가방을 주웠다. 조금 전까지 하루코가 들고 있던 거였다. 안에는 커다란 악보가 들어 있었다. 아까 문을 떼어 낼 때 가방을 떨어트린 듯했다.

가방에 달린 이름표를 물끄러미 쳐다보더니 갑자기 무언가 깨달았다는 양 Q가 고개를 주억였다.

"오이시 하루코? 음…… 하루코, 허얼크……. 아하, 그렇구나! 오이시 헐크. 너, 방금 힘이 어마어마했는데 역시 헐크였단 말이지."

하루코가 빛의 속도로 Q를 돌아보았다. 모든 걸 불태워 버릴 듯한 분노로 눈빛이 뜨겁게 타오르고 있었다. 하루코는 Q에게서 가방을 홱 채 갔다. 그리고 히카루에게 말할 때와는 딴판인 살벌한 목소리로 나지막이 경고했다.

"두 번 다시 헐크라고 하지 마. 절대 용서 못 해!"

돌변한 모습에 아레이와 Q는 물론, 히카루마저 움찔했다. Q가 한 번 더 중얼거렸다.

"여자애들은 정말 알 수가 없다니까."

아레이는 다시 정신을 차리려 크게 한 번 숨을 들이쉬고 유리문이 사라진 중앙 현관을 돌아보았다.

"가자. 얼른 빈틈을 찾아야지."

바닥에 흩어진 유리 조각과 쓰러진 신발장 주변에는 새까만 안개가 울렁대며 뒤엉켜 있었다. 차츰 잃어버린 형체를 되찾으려는 듯했다.

아레이는 어둑어둑한 학교 건물 안을 가만히 바라보았다. 어쩌면 빈틈은 이 안 어딘가에 입을 벌리고 있는지 모른다. 2층이나 3층, 4층에 또 그 환상의 교실 같은 빈틈이 나타났을 수도 있다.

건물 안으로 되돌아가 빈틈을 찾아야 할까, 아니면 밖으로 나가서 찾아야 할까?

확률은 반반이다. 그러나 어쩐지 마음은 아레이에게 밖으로 나가라고 말하고 있었다. 이번에는 저번과 완전히 다른 곳에, 완전히 다른 모습으로 빈틈이 나타날 듯한 예감이 들었다.

카오스 고양이의 말이 떠올랐다.

"너희는…… 깨어난 신이 깃들어 있는 자."

아레이는 내면의 목소리를 따르기로 마음먹고 바깥을 향해 돌아섰다.

"가자."

아레이와 Q, 히카루와 하루코는 잡아 뜯긴 문 밖으로 발을 내디뎠다.

그림자계

왜 중앙 현관 유리문은 열리지 않았던 걸까?

다른 문들은 다 열려 있었는데 중앙 현관의 문만 굳게 잠겨 있었던 게 수상했다.

설마…… 덫인가?

어쩌면 황천귀들은 진화하고 있는지도 모른다. 아레이는 오싹했다. 아레이와 Q가 먼젓번에 빈틈을 찾았던 곳으로 올 거라 예측하고 함정을 판 것일 수도 있었다. 아이들을 유인한 뒤 출구를 막고 외눈박이 그림자 괴물들을 보낸 게 황천귀의 꿍꿍이라면?

스멀스멀 마음속에서 올라오는 공포를 쫓아내며 아레이는 생각했다.

그렇다면 역시 빈틈은 밖에 있을 거야.

아레이는 운동장 한가운데에서 발을 멈추고 담벼락으로 둘러쳐진 학교를 다시금 두루 살폈다.

어디지? 빈틈은 어디에 있지?

"아레이."

히카루가 생각에 빠진 아레이의 어깨를 두드렸다. 깜짝 놀라 돌아본 아레이에게 히카루는 날 선 목소리로 말했다.

"이제 좀 제대로 설명하지? 깃든이가 뭔데? 그 안개 속에서 나온 괴물은 뭐고?"

아레이는 히카루가 던진 질문의 답을 머릿속으로 짜맞추려 쩔쩔매고 있었다. 이 터무니없고 복잡한 상황을 낱낱이 설명해야 한다고 생각하니 마음이 납덩이처럼 무거워졌다. 누가 대신해 주면 좋겠다. 카오스 고양이이든 아니면 Q든.

그 마음을 알아채기라도 한 듯이 Q가 입을 떼었다.

"사실 여긴 학교가 아니야. 똑같이 생겼지만 이곳은 황천귀가 만든 그림자계고, 우리는 그 안에 들어와 버린 거야."

아레이는 처음으로 Q가 잘했다고 생각했는데, 히카루는 서늘한 시선을 Q에게 잠시 던졌을 뿐 또다시 아레이를 노려보며 말했다.

"제대로 설명하라고 했지. 똑바로, 무슨 말인지 알아듣게."

어려운 주문이었다. 아레이도 지금 벌어지는 일이 정확히 뭔지 모르는데 앞뒤가 맞게 설명할 수 있을 리 없었다. 답을 하는 대신 아레이는 히카루에게 질문을 던졌다.

"그럼 먼저 묻겠는데, 너 최근에 고양이 꿈 꾼 적 있어? 말하는 고양이 꿈 말이야."

히카루는 작게 한 번 끄덕였다.

"그래, 꿨어. 그게 뭐?"

"에에에에엑! 너…… 내가 물었을 땐 안 꿨다며!"

Q가 갑자기 끼어들었다.

"내가 언제? 그게 뭐냐고만 했잖아. 너처럼 느닷없이 물으면 누구나 그렇게 말할걸?"

히카루가 퉁명스럽게 대꾸했다.

"선배, 말하는 고양이 꿈 꾼 거 진짜예요? 나도! 나도 꿨는데! 아레이 선배, 어떻게 알았어요?"

"뭐? 하루코도 고양이 꿈 꿨어?"

히카루가 눈을 크게 뜨며 하루코를 보았다.

역시 그랬다. 히카루도 하루코도 카오스 고양이가 전한 천신의 메시지를 받았다는 말이었다.

아레이는 차근차근 그동안 겪은 모든 일을 설명했다. 편의점 뒷산에서 카오스 고양이를 만난 일부터, 고양이가 전한 천신의 메시지까지.

"무슨 소린지 하나도 모르겠어."

긴 이야기 끝에 히카루가 뱉어 내듯 감상을 말했다. 그리고 뾰족한 눈으로 Q를 보며 물었다.

"큐샤, 넌 이해했어? 다 알아들었냐고."

움찔한 Q는 히카루의 시선을 피해 자신 없는 표정으로 아레이를 보고는 툭 말했다.

"아마…… 대충은……."

"뭐?"

이번에는 아레이가 뾰족한 눈초리로 Q를 쳐다봤다.

"너, 아직도 모르겠다고? 그때 같이 고양이한테 한참 동안 강의를 들어 놓고!"

"그러니까 대충은 안다고."

히카루가 흥분해서 둘의 대화에 끼어들었다.

"천신이니, 황천귀니, 깃든이니……. 만약 아레이 말대로 그 천신이 우리를 여기로 모았다면 그래서 어쩌라는 말이야? 우리한테 뭘 시킬 작정인데? 난 나를 뽑아 달라고 한 적도 없고, 여기에 있어 봤자 아무것도 못 하잖아."

아레이는 히카루에게 중얼중얼 맞받아쳤다.

"왜 나한테 그래? 내가 아니라 고양이가 한 말이라고. 내가 너희를 모은 것도 아니고……. 나도 귀찮거든?"

"그러고 보니 말이야."

Q가 입을 열었다.

"히카루의 능력은 뭐야? 고양이는 텔레파시지? 난 수학이고. 아레이는 기억력, 헐크는 괴력……. 히카루는 뭔데?"

"큐샤 선배."

입가에 미소를 머금은 하루코가 눈을 치뜨며 Q를 올려다보았다. 서늘한 눈빛이었다.

"또 헐크라 부르면 절대 안 봐줄 테니까……."

그러나 Q는 하루코의 말을 툭 자르고 한 번 더 히카루에게 물었다.

"너도 뭔가 할 줄 알지? 염력을 쓴다든가 눈에서 냉동 광선을 쏜다든가."

"그런 거 못 해."

히카루는 불쾌한 눈으로 Q를 째려보았다.

"또 거짓말하네."

Q는 굴하지 않고 물고 늘어졌다.

"너 고양이 꿈 꿨냐고 물었을 때도 거짓말했잖아. 잘하는 게 있으면서 숨기는 거야, 분명."

그때 일이 어지간히 마음에 걸리는 모양이었다.

"거짓말한 적 없어. 특별한 능력 같은 것도 없고. 난 깃든이가 아니니까."

정말일까? 히카루는 그저 실수로 그림자계에 끌려온 걸까? 아니야……. 히카루 입으로 고양이가 전한 천신의 메시지를 받왔다고 했잖아. 히카루는 분명 깃든이야.

아레이는 방금 한 생각을 입으로 뱉지는 않았다. 그 대신 화제를 바꿔 운동장을 바라봤다.

"어쨌든 지금은 여기서 나갈 궁리를 하자."

"저……"

하루코가 머뭇머뭇 입을 열었다.

"여기서 나간다는 게 무슨 뜻이에요? 아까 큐샤 선배가 여긴 학교가 아니라 뭐라고 했는데…… 무슨 말인가요?"

하루코가 갸우뚱하며 아레이를 올려다봤다.

왜 다 나한테 묻는 거야? 내가 무슨 천신의 대변인이냐…….

아레이는 꽁한 표정으로 마지못해 그림자계가 환상의 세계라는 것과 그림자계를 탈출하는 법에 대해 자세히 설명했다.

하루코는 눈을 동그랗게 뜨고 새하얀 안개 속에 우뚝 선 학교를 건너다보았다.

"환상? 이게 다 환상이라고요?"

"어."

아레이가 무뚝뚝하게 대답했다.

"여기서 나가려면 빈틈을 찾아야 해. 빈틈이 아니면 현실 세계로 돌아갈 수 없어."

"빈틈을 어떻게 찾는데?"

"못 찾으면 어떻게 해요?"

히카루와 하루코의 말이 겹쳤다. 아레이는 두 질문 모두 무시하고 그저 단호히 말했다.

"아무튼 찾는 거야. 빈틈은 어딘가에 반드시 있을 테니까."

그러나 정말 빈틈을 찾을 수 있을까? 아무리 둘러보아도 운동장에 별다른 이상은 없는 듯했다. 운동장을 둘러싼 벚나무 수나 심은 모양도, 그네와 미끄럼틀 위치도, 담벼락 상태도 아레이의 기억 속 실제 학교와 차이가 없다.

다행히 외눈박이 그림자 괴물들이 나타날 낌새는 아직 없었다. 아레이가 아까부터 몇 번이고 살펴봤는데 중앙 현관에서 흩어진 그림자들은 모습을 드러내지 않고 있다.

"학교 건물 주변이나 체육관 쪽……. 어쩌면 체육관 안? 아니면…… 수영장에 빈틈이 있을지도……."

아레이는 혼잣말로 중얼거렸다.

"학교 안은?"

히카루가 방금 도망쳐 나온 곳을 돌아보며 아레이에게 물었다. 아레이는 아까 정리한 생각을 이야기했다.

"아마 아닐 거야. 분명 함정이었어. 일부러 중앙 현관을 막고 우릴 한데로 몰아서 덮치려 한 것 같아. 함정을 탈출구인 빈틈 근처에 파진 않았을 거야. 100퍼센트 장담은 못 하지만. 어차피 지금 저기로 되돌아가는 건 위험 부담이 너무 커. 학교 안은 제일 마지막으로 돌리자."

"그럼, 어디서부터 찾을래?"

Q가 휙 둘러보며 말했다.

"우선 학교 바깥 주변과 체육관. 거기에도 빈틈이 없으면 수영장."

말을 마친 아레이에게 하루코가 이어서 물었다.

"그 빈틈은 어떻게 생겼나요? 뭘 찾으면 되죠?"

아레이는 히카루와 하루코에게 지난번에 찾았던 빈틈이 어떤 것이었는지 설명한 뒤 덧붙였다.

"빈틈이 어떤 모습으로 나타날지는 미지수야. 그러니까 아무튼 실제 학교와 어딘가 다른 점이 없는지 돌아다니며 확인하는 수밖에 없어."

하루코가 불안한 듯 떨리는 목소리로 말했다.

"이 넓은 학교에서 틀린 그림 찾기라니……. 불가능해 보이는데요."

아레이는 하루코와 히카루에게서 시선을 거두고 조그맣게 말했다.

"나는 한 번 본 건 모두 기억해. 그래서 다른 점이 있다면 분명히 알아챌 수 있어."

"네? 정말요? 아레이 선배, 멋져요!"

하루코의 칭찬에 얼굴을 구기는 아레이 옆에서 Q가 천진하게 말했다.

"네 괴력도 기가 막히던걸!"

하루코는 무시무시한 눈초리로 Q를 쏘아볼 뿐 아무 말도 하지 않았다.

아레이가 걸음을 떼려고 하는데 히카루가 입을 열었다.

"근데 너희도…… 들려?"

"어?"

아레이는 히카루를 돌아보았다. 운동장 한가운데 우뚝 선 히카루는 가만히 무언가에 귀를 기울이고 있는 것처럼 보였다.

"뭐가?"

Q가 물었다.

"이 소리……. 아까부터 계속 들려. 누군가 노래하고 있어. 맞지? 들리지? 처음 듣는 멜로디야."

아레이와 Q, 하루코는 서로 얼굴을 마주 보며 히카루가 말한 노랫소리를 들으려고 귀를 쫑긋 세웠다. 그러나 아무것도 들리지 않았다. 노래는커녕 바람 부는 소리나 나뭇잎 스치는 소리, 마을의 이런저런 소리도 전혀 들리지 않았다.

지난번과 똑같다. 그림자계의 학교에서는 소리도 냄새도 감쪽같이 사라지니까.

"저는 안 들리는데요……."

하루코가 고개를 갸웃거리며 말했지만, 히카루는 아랑곳하지 않고 나지막하게 흥얼대기 시작했다. 멜로디를 들리는 대로 따라 부르는 듯했다.

"흠, 흠, 흠, 흠, 흠."

다섯 음을 여러 번 되풀이한 뒤 히카루는 음정을 잡으려는 듯 계이름으로 멜로디를 불렀다.

"미, 도, 파, 도, 솔."

멜로디의 멜자도 들리지 않는 아레이와 Q, 하루코는 히카루 앞에서 다시 한번 얼굴을 마주 봤다.

"아……"

히카루가 고개를 들었다.

"그쳤어."

그때 운동장에 바람이 세차게 불어왔다.

그림자계에…… 바람?

바람을 따라 돌아본 아레이의 눈에 담벼락을 타 넘으며 하얀 파도처럼 흘러오는 안개가 보였다.

"큰일이다."

담벼락 위로 머리를 들이민 안개가 바람에 날려 부서지자, 단숨에 운동장으로 흘러 들어와 순백의 베일처럼 땅을 덮기 시작했다. 안개에 거품이 부글부글 일었다. 맨홀 뚜껑만 한 크기였다.

거품 속에서 눈알이 떠올랐다.

"도망쳐!"

이번에는 아레이가 제일 먼저 뛰기 시작했다. 나머지 셋도 안개를 피해 달렸다.

안개 속에서 두툼한 기둥 몇 개가 죽죽 자라는 게 보였다. 아까보다 훨씬 굵고 큰 기둥이다. 두 배, 세 배는 더 높은 듯했다. 운동장 한가운데 우뚝 솟은 기둥이 여덟 개. 그 기둥 꼭대기에 눈알 하나가 끔벅하자마자 새하얀 안개가 출렁거리며 새까맣게 물든 그림자 괴물로 변신했다.

"깃든이이……"

괴물들이 물끄러미 네 사람을 외눈으로 바라보며 이구동성으로 외쳤다. 그 목소리가 마치 천둥처럼 울렸다.

"깃든이이……. 깃든이이……"

"어…… 어쩌지? 어디로 도망쳐?"

Q의 물음에 아레이는 서둘러 주위를 둘러보았다.

"담벼락을 따라 수영장 옆을 지나서 체육관 뒤로 돌자. 어딘가에 분명 빈틈이 있을 거야."

스스로를 타이르듯이 말하고 아레이는 속도를 높였다.

"깃든이이……. 깃든이이……"

그림자 괴물들이 목소리를 크게 울리며 다가오기 시작했다. 그러자 운동장 응달 이쪽저쪽에서 사물사물 검은 땅거미 떼가 나타나 그림자들의 발밑으로 모여들었다.

땅거미 떼를 거느린 여덟 개의 거대한 그림자가 가까이 다가오고 있다.

탈출구는 어디 있는 거냐고!

아레이는 마음속으로 외치며 수영장 옆을 달려갔다.

빈틈

아이들은 모퉁이를 돌아 체육관 뒤로 향했다. 빈틈은 여전히 보이지 않았다. 이렇게 뛰어다니기만 한다고 달라진 곳을 찾을 수 있을까 싶어 아레이는 불안해졌다. 교실 하나가 뚝 생겨났던 지난번과 달리 이번 빈틈이 더 작고 사소한 차이점이라면 못 보고 지나칠지도 모른다.

아레이는 달리는 속도를 늦추었다.

"왜 그래? 뭔가 찾은 거야?"

아레이를 앞지른 Q가 퍼뜩 알아차리고 발을 멈추며 물었다.

"아니…… 아직. 더 천천히 가자."

"쫓아오잖아!"

히카루가 불안한 듯 등 뒤를 살피며 말했다.

"나도 아는데…… 계속 도망 다녀 봤자 빈틈을 못 찾으면 여기서 나갈 수 없어."

아레이는 애타게 주변을 살피며 분리수거장 쪽으로 걸었다. 체육관과 담벼락 사이의 주차장에는 차가 빽빽이 세워져 있었다. 그 앞으로는 차단기가 보인다. 퍽 정교한 환상이다. 하나부터 열까지 현실 세계와 똑같이 만든 듯했다.

찾을 수 있을까? 아니, 애초에 정말 빈틈이 있긴 할까? 이 세계 어딘가에…….

아레이의 마음속에서 초조함이 풍선처럼 부풀었다.

아이들은 분리수거장 앞에서 다시 한번 등 뒤를 살폈다. 어째서인지 그림자 괴물들은 쫓아오지 않았다. 그 점이 오히려 찜찜했다. 천둥 같은 목소리도 들리지 않는다.

네 사람이 정면충돌했던 체육관 북동쪽 모퉁이에 도착해 여태 지나온 길을 돌이켜 봤다. 조심스럽게 모퉁이 너머도 들여다봤다. 외눈박이 그림자 괴물은 없었다.

"어디로 갔지?"

Q가 목소리를 낮추고 속삭였다.

"모르겠어."

아레이는 불안을 삼켰다. 왠지 불길하다. 어쩐지 싸늘하다.

"이제 어떡할까?"

히카루가 물었으나 아레이 역시 어떻게 해야 좋을지 알 수 없었다.

하루코가 입을 열었다.

"저, 이 차단기 밖으로 나가 볼까요?"

"안 돼."

아레이가 고개를 가로젓고 Q가 뒷말을 이었다.

"안개에 닿으면 끝장이야. 공포가 몸에 스며들거든."

"공포가 몸에 스며든다니?"

되묻는 히카루에게 아레이가 설명했다.

"이 안개엔 독성이 있어. 아마 공포를 불러일으키는 물질 같은 게 들어 있는 것 같아. 맥각으로 만든 리세르그산 디에틸아미드가 강력한 환각을 일으키듯이 황천 고치를 이루는 안개 속에는 공포를 부르는 물질이 들어 있는 거야."

"어려운 말 쓰지 말고 쉽게 설명해 봐!"

히카루가 씩씩대며 아레이의 말을 잘랐다. 아레이는 숨을 한 차례 들이쉬고 내쉰 뒤 말했다.

"그러니까 안개로 들어갈 순 없다는 소리야. 안개 속에서 우리는 극심한 공포에 사로잡힐 거고 그러다간 분명……"

굳은 듯 말을 멈춘 아레이에게 하루코가 물었다.

"분명, 어떻게 되는데요?"

마음을 다잡고 아레이는 마지막 말을 내뱉었다.

"공포에 잡아먹혀."

"공포에, 잡아먹혀?"

되풀이하는 히카루와 사색이 된 하루코가 마주 봤다.

Q가 크게 끄덕거리며 아레이를 보았다.

"못 버텨. 절대로. 안개를 뚫고 나가는 건 무리야."

"그럼 어떡하죠? 학교 주변이 온통 안개로 뒤덮였는데 어디로 나가요?"

하루코가 울음이 터질 듯한 목소리로 답을 찾듯 모두를 둘러봤다.

"그러니까……"

아레이는 인내심을 가지고 말했다.

"빈틈을 찾아야 한다니까. 탈출 방법은 그것밖에 없다고."

"빈틈 따위 없잖아요! 이렇게 넓은 데서 진짜 학교랑 다른 점을 어떻게 찾으라고요! 저런 괴물이 돌아다니는데!"

결국 눈물을 터트린 하루코가 북받쳐 울부짖었다.

빈틈.

아레이가 한 번 더 속으로 곱씹는 순간 무언가 마음에 걸렸다. 무언가 놓친 기분이 들었다. 아주 중요한 무언가를.

그림자계로 들어오자마자는 동쪽 본관의 교실을 찾는 데 마음을 빼앗겨 이 주위는 살피지 않았었다. 그런데 지금, 체육관 뒤편에서 아레이의 눈이 어떤 위화감을 감지했다.

아레이는 흐느끼는 하루코 앞에서 다시금 천천히 주변 풍경을 둘러보았다. 동쪽 담벼락, 체육관 벽, 분리수거장, 주차장에 즐비한 차량 스무 대.

스무 대……?

아레이는 헉하고 숨을 삼켰다.

그때 히카루가 "앗!" 하고 소리를 질렀다.

"저기 봐! 체육관 위!"

체육관 지붕에 무언가 서 있었다. 까만 기둥 같은 그림자가 하나, 둘, 셋…… 여덟.

"그림자 괴물이다……"

Q가 신음하듯이 말했고, 네 사람은 체육관 건물 옆에서 주차장 차단기 쪽으로 허겁지겁 뒷걸음질했다.

순간 여덟 기둥은 여덟 줄기의 시커먼 물줄기가 되어 단숨에 체육관 벽을 타고 땅으로 흘러내렸다. 여덟 개의 눈알이 거품처럼 둥둥 떠 있었다. 물결이 땅에 닿은 순간, 까만 물줄기는 다시 새까만 그림자 괴물이 되어 아이들을 마주 보듯 차례차례 일어섰다.

그림자 머리 한가운데에 동그란 눈알이 하나둘씩 눈을 떴다. 눈알로 지그시 아이들을 굽어보며 외눈박이 그림자 괴물들이 소름 돋는 목소리를 울렸다.

"기이이잇드으은이이이! 기이이잇드으은이이이!"

마치 그 목소리를 기다렸다는 듯 땅거미들이 바스락대며 몰려들었다. 어디에 숨어 있었는지 수많은 땅거미 떼가 까만 융단처럼 땅을 메워 갔다.

"꺅! 꺅! 꺅!"

하루코가 세 번 연속 비명을 내질렀다.

아레이는 차가워진 손가락 끝을 꼭 쥐고 심호흡을 한 번 한 뒤 폭발할 듯한 심장을 달랬다.

"주차장이야."

Q가 그림자 괴물에게서 눈을 떼지 못하고 물었다.

"뭐가?"

"빈틈……"

아레이도 그림자들을 살피며 나지막한 목소리로 대답했다.

"찾았어. 주차장이 빈틈이야. 다섯 칸 더 많아. 원래는 열다섯 칸뿐이던 주차장에 스무 칸이 있다고."

아까부터 마음에 걸리던 위화감의 정체를 비로소 알아냈다. 학교 체육관 주차장에 현실 세계에는 없던 다섯 칸이 나타났다. 주차장이 출입문 쪽으로 더 넓어진 것이다.

"기이잇든이이…… 기잇드은이이……"

여덟 그림자 괴물이 아이들 앞에서 몸을 흔들며 외쳤다.

"그럼…… 그쪽으로 도망치면 탈출할 수 있단 소리야?"

히카루가 소곤소곤 물었다. 아레이는 슬쩍 주차장까지 가는 거리를 눈대중하면서 중얼거렸다.

"아마도."

"가자. 하나, 둘, 셋에."

Q가 말했다.

"네? 하나, 둘, 셋이요?!"

하루코가 얼빠져 쉿소리로 되물었다.

"간다니 어디로요? 네? 네?"

아무래도 외눈박이 그림자에게 정신이 팔려 세 사람의 대화가 귀에 들어오지 않았던 모양이다.

"신호 주면 주차장으로 뛰어."

아레이가 짤막하게 지시했다.

"간다."

Q가 말하며 아레이를 보았다. 아레이도 끄덕인다.

"하나, 둘…… 셋!"

그림자 괴물들이 까만 팔을 뻗자마자 아이들이 주차장으로 뛰어들었다. 발을 내디딜 때마다 땅을 메웠던 땅거미들이 허둥지둥 길을 비켰다.

땅거미는 신이라고 할 게 못 된다고 했지.

고양이의 말이 아레이의 머릿속을 스친다. 신들의 싸움에서 밀려나 땅속으로 도망치지도 못하고 몰락한 일족. 그저 공포의 냄새에 이끌리는 본능을 따라 꿈틀대는 무력한 존재들. 땅거미들은 기다리는 게 분명했다. 깃든이가 황천귀에게 사로잡혀 좀 먹히기를. 그 생명이 꺼지기 직전 깃든이의 몸에서 솟구쳐 나오는 공포를 노리는 것이다.

체육관 모퉁이에서 주차장까지는 고작 대여섯 걸음이었다. 눈 깜짝할 사이에 네 사람은 주차장의 차와 차 사이로 뛰어들었다. 하지만······.

아무 일도 일어나지 않는다.

"야! 어떻게 된 거야?!"

다가오는 그림자 괴물을 올려다보며 Q가 소리쳤다.

"몰라!"

아레이도 되받아치며 차에 등을 바싹 붙였다. 거인들은 네 사람을 끌어안으려는 듯 시꺼멓고 무시무시한 두 팔을 벌리며 코앞까지 다가왔다.

"헐크, 가라! 뭐라도 던져!"

Q가 하루코에게 꽥꽥댔다.

눈을 휘둥그레 뜨고 거인들을 바라보던 하루코의 표정이 확 변했다. 눈동자에 분노의 불꽃이 이글거리더니 하루코는 딴사람처럼 목소리를 깔았다.

"헐크라고 하지 마."

하루코의 손에서 악보가 담긴 가방이 툭 떨어졌다. 하루코는 무릎을 낮게 굽히더니 아레이가 등을 기댔던 차 밑으로 두 손을 찔러 넣었다.

아레이는 눈앞에서 흰색 경차가 서서히 들어 올려지는 광경을 멍하니 쳐다보았다.

"우오옷!"

Q가 소리 지르며 주먹을 높이 쳐들었다.

"잘한다! 잘한다! 허얼크!"

하루코는 역도 선수처럼 자동차를 머리 위로 번쩍 들었다.

"헐크라고……"

하루코가 자동차를 크게 휘둘렀다.

"하지 마아아악!"

커다란 외침과 함께 자동차가 그림자 괴물에게로 날아갔다.

엇……?!

그때 아레이의 마음속에 또 다른 무언가가 탁 걸렸다.

하루코가 날려 버린 자동차는 다가오는 그림자 무리의 한가운데로 공중제비를 돌듯 떨어졌다. 모래 먼지와 함께 엄청난 소리가 울려 퍼졌다. 시꺼먼 그림자들은 아지랑이처럼 일렁이며 형체를 잃었다. 그러나 중앙 현관에서처럼 까만 안개가 되어 흩어지지는 않았다. 꿀렁대며 다시 원래 모습을 되찾으려 했다.

"헐크, 가라! 한 방 더!"

Q가 아우성쳤다.

아레이는 이 소란을 지켜보면서 필사적으로 계속 생각했다.

왜지? 왜 탈출이 안 되지? 빈틈을 찾았는데…….

금세 저번에도 그랬다는 사실을 깨닫고 아레이는 숨을 삼켰다. 동쪽 본관에 나타난 남는 교실……. 그러나 그 정사각형 교실에 Q와 둘이 발을 들인 것으로는 탈출하지 못했었다. 그곳에서 나올 수 있었던 건 교실 바닥에 깔린 네모난 널빤지 중 한 장을 밟았기 때문이었다. 바닥의 마방진에서 유일하게 틀린 숫자였다고 Q는 말했다.

하루코가 이어서 다른 차를 들어 올리려고 했다. 그림자 괴물들은 이미 원래의 형체를 거의 다 갖추었다.

아레이는 빈틈 속 빈틈을 찾아 시선을 헤맸다. 좀 전에 하루코가 날려 보낸 차가 체육관 벽 근처에서 나뒹굴고 있었다. 그 흰색 경차의 번호판 숫자가 아레이의 눈에 꽂혔다.

이상하다!

번호판에는 세 자릿수 숫자 그리고 글자 하나. 그 뒤로는 다섯 자릿수 숫자가 나열되어 있었다. 불가능했다. 일반 승용차 번호판에서 글자 뒤에 있는 숫자는 네 자릿수였다. 다섯 자릿수 번호가 적힌 자동차는 없다!

아레이는 하루코가 머리 위로 들어 올린 파란색 승합차를 올려다보았다. 현실에는 없던 자리에 세워진 다섯 대 중 한 대. 역시 다섯 자릿수였다.

하루코가 차를 그림자 괴물들에게 던졌다. 까만 그림자가 또 흐물흐물 비틀댄다. 파란색 승합차는 섬뜩한 소리를 내며 흰색 경차 옆에 나가떨어졌다. 차 두 대의 번호판이 줄지어 보였다. 12496 그리고 14288.

이게 탈출의 열쇠일 거야!

확신한 아레이가 Q에게 외쳤다.

"Q, 번호판이야. 차 번호판의 숫자! 다섯 자릿수 번호판들 중에 틀린 걸 찾아! 네 특기잖아."

"어? 번호판? 숫자?"

하루코의 괴력을 넋 놓고 보던 Q가 데굴데굴 눈을 굴렸다.

지금 하루코가 들어 올리려는 은색 세단의 번호는 14159. 그 옆의 미니밴이 14536. 그리고 마지막 흰색 왜건이 14264.

아레이는 저 숫자들 중 무엇이 틀렸는지 전혀 알 수 없었다. 그러나 Q는 단박에 잘못된 것을 알아챈 모양이었다.

"사교수야!"

"뭐?!"

히카루가 되물었다.

"각 번호판에는 사교수가 쓰여 있어. 하지만 세 번째 차 번호판 숫자가 틀려!"

"세 번째 차라면 지금 하루코가 들고 있는 은색 세단?"

아레이가 물었다.

"그래! 저거! 저 번호판 숫자는 14159가 아니라 15472여야 해. 그러니까 사교수란 건……."

"설명은 됐어!"

아레이는 재빨리 Q의 말을 끊고 하루코에게 외쳤다.

"헐크! 아니…… 하루코! 그 차 던지지 마! 내려놔! 그게 탈출구야! 빈틈이라고!"

"아레이 선배마저 헐크라고 하다니."

하루코가 낮게 깔린 무서운 목소리로 아레이를 노려보았다. 차는 아직 하루코의 머리 위에 있었다. 아레이는 하루코가 홧김에 차를 던져 버릴까 봐 조마조마했다.

"하루코, 제발 내려놔! 이제 헐크라고 안 할게!"

"하루코! 진정해. 차 내려놓자!"

히카루도 옆에서 하루코를 달랬다.

힐끗 히카루를 본 하루코가 그제야 멈칫하며 힘을 뺐다. 천천히 허리를 굽히며 은색 세단을 땅으로 가지고 왔다.

"원래대로. 제자리에 내려."

아레이가 옆에서 주문했다.

그림자 괴물들은 이제 형체를 되찾고 외눈을 뒤룩거리며 까만 팔을 아이들에게 뻗으려 했다.

"기이이잇든, 드은, 기이이이잇……."

"잘 들어. 차에 탈 거야. 땅에 차가 제대로 세워지는 대로 바로 올라타!"

"문이 잠겨 있으면?"

히카루가 걱정스레 물었다.

"괜찮아! 봐, 열려 있어!"

창을 통해 차 안을 살피며 아레이가 말을 뱉은 순간, 까만 그림자 괴물들의 팔이 일제히 아이들에게 뻗쳐 왔다.

"기이이잇든, 든, 기이잇……. 기이이이잇, 드은, 이이이!"

"타!"

은색 세단의 운전석 문으로 달려들며 아레이가 외쳤다. 히카루는 조수석 문손잡이를 당겼고 Q와 하루코도 뒷좌석 좌우 문을 열어젖혔다.

차에 올라타려는 네 사람에게 그림자 괴물의 팔이 바싹 따라붙었다.

"기이이이잇, 드으으으은, 기이잇"

"기이이이잇, 드으으으은, 기이잇!"

징그러운 목소리를 울려 대는 괴물들의 까만 손이 네 사람의 몸에 휘감겼다. 시꺼먼 그림자에게 붙잡힌 오른쪽 어깨가 저릿저릿했다. 곧이어 공포가 아레이의 몸을 관통했다. 순식간에 칠흑 같은 어둠에 삼켜졌다.

온몸의 신경이 비명을 지르고 피가 얼어붙는 듯한 무시무시한 냉기가 손끝을 타고 퍼졌다. 심장은 당장에라도 터질 것만 같았다. 캄캄해진 눈앞에 사악한 기운이 빙빙 휘몰아쳐 밀려들었다.

어느새 아레이는 고함을 지르고 있었다. 공포가 비명이 되어 입 밖으로 새어 나왔다. Q와 하루코, 히카루도 소리를 지르고 있다. 모두 그림자의 손에 붙들린 것이다.

문을…… 닫아야 해…….

머리를 가득 채운 서늘한 어둠 저편에서 이성이 중얼댔다. 하지만 몸이 따라 주지 않았다. 아니, 도리어 조금씩 차 밖으로 끌려 나가는 듯했다.

안 돼! 안 돼! 안 돼!!!

히카루는 기를 쓰며 손을 바닥으로 뻗으려고 했다. 검은색 케이스가 떨어져 플루트가 나뒹굴고 있었다. 아레이는 왜 이런 긴박한 순간에 히카루가 플루트에 신경 쓰는지 이해할 수 없다. 그렇게까지 플루트가 소중한가?

넘쳐흐르는 공포의 냄새에 이끌린 땅거미들이 온 창문에 다닥다닥 달라붙었다. 곧 차 안으로 들이닥칠 것 같았다. 어쩌면 그보다 먼저 네 사람이 밖으로 질질 끌려 나갈지도 모른다. 아레이의 몸은 그림자 괴물의 팔에 당겨져 차츰 기울었다.

마침내 히카루가 플루트를 주웠다. 떨리는 손으로 안간힘을 다해 조립하더니 히카루는 비명을 삼키며 크게 숨을 들이쉬고 플루트에 입술을 가져다 댔다.

은색 가로피리가 가냘픈 소리를 냈다. 어디서 들어 본 다섯 계이름. 운동장에서 히카루가 흥얼댄 멜로디다.

미, 도, 파, 도, 솔.

그러자 몸을 옥죄던 공포가 누그러졌다. 마치 플루트 소리에 한 대 맞은 듯이 그림자 괴물들이 팔을 쓱 거둔 것이다.

히카루가 다시 한번 같은 멜로디를 연주했다. 아까보다 세게, 또렷하게.

리, 리, 라, 리, 라.

플루트가 소리를 냈다. 다섯 개의 음을 노래했다.

"문 닫아!"

공포에서 풀려난 아레이가 퍼뜩 정신을 차리고 외쳤다. 탁탁 소리를 내며 자동차의 문 네 짝이 닫힌 순간, 차 안의 공기가 구불텅하게 비틀리는 게 느껴졌다.

이제 그림자 괴물들의 목소리는 들리지 않는다. 차창에 들러붙어 있던 땅거미도 사라졌다.

"돌아온 거야? 우리, 탈출한 거야?"

뒷좌석에서 Q가 확인하듯이 고요해진 차 밖을 살폈다.

긴장이 풀렸는지 하루코가 울음을 터트렸다. 히카루는 조수석에서 플루트를 꽉 쥔 손을 넋 나간 듯이 내려다봤다. 아직 손이 조금 떨리고 있다는 걸 아레이는 눈치챘다.

음악인가……. 이게 히카루의 능력인가.

별생각 없이 흘려들었던 여동생의 말이 아레이의 머릿속에 떠올랐다.

아무리 어려운 곡이라도 악보 한 번 보면 다 외운다고 아키나가 그랬지.

신에게 사랑받는 자, 볼프강 아마데우스 모차르트처럼, 루트비히 판 베토벤처럼……. 히카루는 신에게 음악적 재능을 받은 천재였던 것이다.

여전히 플루트를 쳐다보는 히카루에게 아레이는 넌지시 질문을 던졌다.

"왜 플루트를 분 거야?"

퍼뜩 고개를 든 히카루가 아레이를 쳐다봤다.

"왜냐니……?"

히카루는 답을 찾듯이 눈을 굴렸다.

"그 멜로디가 들렸거든. 아까 공포에 숨이 막힐 뻔했을 때 또 멜로디가 들려왔어. 그러더니 호흡이 조금 편해지더라고. 통증이 가라앉듯이 공포가 옅어졌어……. 그래서 왠지 그 멜로디를 플루트로 불면 공포를 떨쳐 낼 수 있을 것 같았어."

뒷좌석에서 Q가 몸을 내밀었다.

"근데 말이야, 왜 플루트를 부니까 그림자 괴물이 물러난 거야? 플루트에서 초음파라도 나와?"

"아니거든. 그럴 리가 없잖아."

히카루는 금세 쌀쌀맞은 모습으로 돌아와 Q를 노려봤다.

"그럼 어째서 그림자를 물리칠 수 있었던 건데? 괴물들에게 플루트 소리가 약점인가?"

Q와 히카루의 시선이 자신을 향하고 있다는 걸 눈치챈 아레이는 하는 수 없이 입을 열었다.

"나도 몰라. 그 멜로디가 왜 히카루한테만 들리는지도 의문이고. 하지만 분명……"

아레이는 말을 고르기 위해 입을 다물었다. 차 안에 영원 같은 침묵이 흘렀다.

"분명……"

아레이는 천천히 속생각을 내뱉었다.

"이것도 계획의 하나라고 생각해. 천신의 계획……. 우린 아직 천신의 계획을 다 모르지만, 확실한 건 우리가 그 계획의 일부라는 것, 그리고……"

아레이는 옆에 있는 히카루와 백미러 속 Q와 하루코를 순서대로 쳐다보았다.

"우리가 틀림없이 깃든이라는 것. 신이 모은 일곱 명 중 네 명의 깃든이. 또 다른 하나는 꿈속에 나온 고양이고."

"그럼 나머지 두 명은 어디에 있죠?"

하루코가 코를 훌쩍이며 물었다.

"이 학교 어딘가에."

Q의 말에 아레이도 끄덕거렸다.

"그 둘을 찾아야 해. 황천귀의 그림자계로 또다시 빨려 들어가기 전에."

히카루가 살포시 고개를 갸웃거렸다.

"또 들려. 그 멜로디가 머릿속에 흐르고 있어. 잠깐만……?"

무언가를 붙잡으려는 듯 히카루가 플루트를 꼭 쥐었다. 이윽고 놀란 듯이 눈을 크게 뜨고 중얼거렸다.

"이번 멜로디는 좀 더 길어……. 죽 이어져. 뭐지, 이 노래? 이게…… 천신의 멜로디?"

마방진 속 빈틈을 찾고…

1	15	14	4
12	6	7	9
8	10	11	5
14	3	2	16

2권으로!

하늘과 · 땅의 · 방정식

Q1. 복제된 학교를 탈출하시오

초판 1쇄 인쇄 2025년 11월 12일
초판 1쇄 발행 2025년 11월 20일

글 도미야스 요코
번역 김소희

펴낸이 김선식
펴낸곳 다산북스

부사장 김은영
어린이사업부총괄이사 이유남
책임기획 최유진 책임편집 최유진 디자인 남정임 책임마케터 신지수
어린이콘텐츠사업4팀장 강지하 어린이콘텐츠사업4팀 남정임 최방울 최유진 박슬기
어린이마케팅본부장 최민용 어린이마케팅2팀 최다은 신지수 심가윤 기획마케팅팀 류승은 박상준
저작권팀 성민경 이슬 윤제희 편집관리팀 조세현 김호주 백설희
재무관리팀 하미선 임혜정 이슬기 김주영 오지수
인사총무팀 강미숙 이정환 김혜진 황종원
제작관리팀 이소현 김소영 김진경 유미애 이지우 황인우
물류관리팀 김형기 김선진 주정훈 양문현 채원석 박재연 이준희 문명식

출판등록 2005년 12월 23일 제313-2005-00277호
주소 경기도 파주시 회동길 490 전화 02-704-1724 팩스 02-703-2219
다산어린이 공식 카페 cafe.naver.com/dasankids 다산어린이 공식 블로그 blog.naver.com/stdasan
종이 신승INC 인쇄 및 제본 상지사 코팅 및 후가공 평창피앤지

ISBN 979-11-306-7226-7(44830)
      979-11-306-7225-0 (세트)

- 책값은 뒤표지에 있습니다.
- 파본은 본사 또는 구입한 서점에서 교환해 드립니다.
- KC마크는 이 제품이 공통안전기준에 적합하였음을 의미합니다.